D1826137

Tucholsky Wagner Zola Scott Sydow Freud Schlegel
Turgenev Fonatne Wallace
Twain Walther von der Vogelweide Fouqué Friedrich II. von Preußen
Weber Freiligrath Frey
Fechner Weiße Rose von Fallersleben Kant Ernst Frommel
Fichte Richthofen
Engels Fielding Hölderlin Tacitus Dumas
Fehrs Faber Flaubert Eichendorff
Feuerbach Maximilian I. von Habsburg Fock Eliasberg Zweig Ebner Eschenbach
Ewald Eliot Vergil
Goethe Elisabeth von Österreich London
Mendelssohn Balzac Shakespeare Dostojewski Ganghofer
Lichtenberg Rathenau Doyle Gjellerup
Trackl Stevenson Hambruch Humboldt
Mommsen Tolstoi Lenz Droste-Hülshoff
Thoma von Arnim Hanrieder
Dach Verne Hägele Hauff Humboldt
Reuter Rousseau Hagen Hauptmann Gautier
Karrillon Garschin
Damaschke Defoe Hebbel Baudelaire
Descartes Hegel Kussmaul Herder
Wolfram von Eschenbach Schopenhauer Rilke George
Bronner Darwin Dickens Grimm Jerome
Campe Melville Bebel Proust
Bismarck Horváth Aristoteles Voltaire Federer Herodot
Vigny Barlach Heine
Gengenbach
Storm Casanova Tersteegen Grillparzer Georgy
Chamberlain Lessing Gilm Gryphius
Brentano Langbein
Strachwitz Claudius Schiller Lafontaine Sokrates
Katharina II. von Rußland Kralik Iffland
Bellamy Schilling
Gerstäcker Raabe Gibbon Tschechow
Löns Hesse Hoffmann Gogol Wilde Vulpius
Luther Heym Hofmannsthal Gleim
Roth Klee Hölty Morgenstern Goedicke
Heyse Klopstock Kleist
Luxemburg Puschkin Homer Mörike Musil
La Roche Horaz
Machiavelli Kierkegaard Kraft Kraus
Navarra Aurel Musset
Nestroy Marie de France Lamprecht Kind Kirchhoff Hugo Moltke
Laotse Ipsen Liebknecht
Nietzsche Nansen Marx Ringelnatz
von Ossietzky Lassalle Gorki Klett
May vom Stein Lawrence Leibniz Irving
Petalozzi Knigge
Platon Pückler Michelangelo Kafka
Sachs Poe Kock
de Sade Praetorius Liebermann Korolenko
Mistral Zetkin

Der Verlag tradition aus Hamburg veröffentlicht in der Reihe **TRADITION CLASSICS** Werke aus mehr als zwei Jahrtausenden. Diese waren zu einem Großteil vergriffen oder nur noch antiquarisch erhältlich.

Symbolfigur für **TRADITION CLASSICS** ist Johannes Gutenberg (1400 — 1468), der Erfinder des Buchdrucks mit Metalllettern und der Druckerpresse.

Mit der Buchreihe **TRADITION CLASSICS** verfolgt tradition das Ziel, tausende Klassiker der Weltliteratur verschiedener Sprachen wieder als gedruckte Bücher aufzulegen – und das weltweit!

Die Buchreihe dient zur Bewahrung der Literatur und Förderung der Kultur. Sie trägt so dazu bei, dass viele tausend Werke nicht in Vergessenheit geraten.

Mein Leben

Ludwig Steub

Impressum

Autor: Ludwig Steub
Umschlagkonzept: toepferschumann, Berlin

Verlag: tredition GmbH, Hamburg
ISBN: 978-3-8472-6203-9
Printed in Germany

Ziel der TREDITION CLASSICS ist es, tausende deutsch- und
fremdsprachige Klassiker wieder in Buchform verfügbar zu
machen. Die Werke wurden eingescannt und digitalisiert. Dadurch
können etwaige Fehler nicht komplett ausgeschlossen werden.
Unsere Kooperationspartner und wir von tredition versuchen, die
Werke bestmöglich zu bearbeiten. Sollten Sie trotzdem einen Fehler
finden, bitten wir diesen zu entschuldigen. Die Rechtschreibung der
Originalausgabe wurde unverändert übernommen. Daher können
sich hinsichtlich der Schreibweise Widersprüche zu der heutigen
Rechtschreibung ergeben.

achdem die von Paul Lindau redigirte Zeitschrift »Nord und Süd« vorausgegangen, hat auch Herr S. Schottlaender in Breslau für zeitgemäß befunden, mein alterndes Haupt einem mir größtentheils unbekannten Publikum vorzustellen, und nachdem ich, was mich wohl bald reuen wird, auf diesen Gedanken eingegangen bin, so muß allerdings auch diesem Bildniß eine biographische Erläuterung beigegeben werden, um denen, die es betrachten, deutlich zu machen, wen sie eigentlich vor sich haben.

Geboren ward ich den 20. Februar *1812* zu Aichach in Oberbayern, einem freundlichen Städtchen in der Nähe des Stammschlosses Wittelsbach, mit vielen Brauereien und wenigstens Einer Schule. Vater und Mutter stammten aus Ravensburg, der ehemals freien Reichsstadt im schwäbischen Kreise, nicht weit vom Bodensee. Des ersteren Vater und Großvater waren Kupferschmiede gewesen und letzterer war aus Schruns, dem jetzt viel besuchten Hauptorte des vorarlbergischen Montavons, gekommen. Von da aus ziehen nämlich alle Jahre um Lichtmeß die bekannten Kinderkaravanen, lauter halbgewachsene Buben, nach jener ehemaligen Reichsstadt, werden dort für den Sommer als Hirten eingedungen und im Spätherbst wieder in die Heimath entlassen. Manches »Bübli« ist aber schon hängen geblieben, hat ein Handwerk gelernt, eine Meisterstochter geheirathet und ist ein reputirlicher Mann geworden. Dieses scheint auch meinem Urgroßvater begegnet zu sein, von dem übrigens keine Nachrichten erhalten sind. Das Montavoner-Thal hat aber vor dreihundert Jahren noch romanisch gesprochen und die Deutschen, die sich dort eingesprengt fanden, sind noch früher als »Walser« aus dem schweizerischen Wallis eingewandert. Da nun die deutschen Walliser nach Albert Schott burgundischen Stammes sind, so gebe ich mich in guten Stunden oft für einen Burgunder aus, wenn es mir auch nicht ferne liegt, mich, wegen der schwäbischen Abkunft der Eltern, mitunter für einen halben Schwaben zu halten.

Der Name Steub kommt übrigens im Montavon jetzt noch als Steu vor, was so viel als Stein bedeuten soll.

Mein Vater wollte sich eigentlich dem Lehrfache widmen, hatte auch schon mehrere Jahre zu Ravensburg Schule gehalten, war aber in der kurzen Zwischenzeit, da diese Stadt bayerisch war (1803 – 1810), in eine königliche Kanzlei getreten und hatte sich da so brauchbar erwiesen, daß er im Jahre 1808 zum »Stiftungsadministiator« in Aichach ernannt wurde. Die Stiftungen waren damals noch alle unter königlicher Verwaltung und für die eines größeren Bezirkes wurde daher je ein Administrator aufgestellt.

Das Leben in Aichach hatte keinen hohen Zug. Der Gehalt war klein, nach einander kamen acht Kinder zur Welt und diese waren sehr häufig krank, denn die sumpfige Umgebung des Städtchens erzeugte eine Malaria, die uns Allen zusetzte. Vier Geschwister starben in jungen Jahren und der Landgerichtsarzt, der vortreffliche Dr. Schefenacker, kam fast täglich in's Haus. Ich war etwa sechs Jahre alt, als er mir an mein Krankenlager ein altes Kräuterbuch brachte, in dem ich griechische Buchstaben, vielmehr Wörter, entdeckte. Er erklärte mir nun Buchstaben und Wörter und von Stund an empfand ich eine Vorliebe für das Griechische, für die Hellenen, ihre Sprache und ihre Geschichte, die wohl meiner Lebtage nicht mehr vergehen wird.

Die Kinderjahre in Aichach sollen aber hier nicht ausführlicher behandelt werden. Einige Erinnerungen aus jener schönen Zeit sind in's erste Capitel der »Deutschen Träume« verwoben.

Nachdem im Jahre 1818 die bayerische Verfassungsurkunde erschienen war, wurde die Verwaltung der Stiftungen den Gemeinden übergeben und die königlichen Administrationen hatten ihr Ende erlebt. Mein Vater ward nun 1822 zur Finanzkammer in Augsburg versetzt und mir ergab sich so die Gelegenheit, mich ein

Jahr lang in dieser Stadt herumzutummeln. Sie gefiel mir ungemein und bot dem jungen Beschauer gar viele Gegenstände der Bewunderung. Das großartige Rathhaus, der Augustusbrunnen, der alte Dom, das Zeughaus mit seinen ungethümen Geschützen, die stattlichen Thore, die Stadtgräben mit ihren Schwänen und schattigen Alleen – das waren lauter unauslöschliche Eindrücke. Da ich schon in Aichach beim Stadtcaplan einigen Unterricht im Lateinischen genossen hatte, so konnte ich gleich in die zweite Vorbereitungsklasse eintreten.

Für meine Jugend hatte ich schon ziemlich viel gelesen. Als einst eine Schilderung der Schlacht von Marathon und in dieser dictirt wurde, ein Athener habe ein fliehendes Schiff mit der Hand zurückzuhalten gesucht, letztere aber durch einen persischen Beilschlag verloren, sagte ich leise: »Das steht im Herodot!« was den Lehrer sehr überraschte. Ein ander Mal, als derselbe in die Klasse hineingerufen: »Wer weiß, wie jetzt Athen genannt wird?« hatte ich von allen allein »Setines« geantwortet, was ihm die Worte in den Mund legte: »Dieser Junge hat mehr gelesen als ihr alle miteinander!«

Sonst verging dies Jahr ganz munter. Die Schule bot in der wohlhabenden, mit allerlei reichen Leuten und angesehenen Patrizierfamilien besetzten Stadt ein sehr einnehmendes Bild. Es waren meistenteils gut gekleidete, wohlgezogene, freundliche Jungen, mit denen ich mich sehr gut vertrug. Unsere Schulstube war im ehemaligen St. Annenkloster und ging auf einen geräumigen Hof. Da sah ich eines Tages auch den späteren Hellenophagen Ph. Jakob Fallmerayer, der zwanzig Jahre darnach mein guter Freund geworden, mit dem damals noch sehr unbedeutenden, bei seiner Mutter in Augsburg wohnhaften Prinzen Louis, später Napoleon III., in eifrigem Gespräche.

Als dies Jahr zu Ende ging, stand uns aber ein neuer Umzug bevor. Mein Vater war nämlich zum Rentenverwalter der Universität München ernannt worden und mußte demgemäß seinen Wohnsitz in der Hauptstadt nehmen. Der Gehalt hatte sich dabei um ein Merkliches erhöht, und für ihn, der früher wohl ab und zu an heimlichen Nahrungssorgen gelitten, kamen jetzt schönere Zeiten.

In München ging es nun wieder in die Lateinschule, die sich aber von der, die ich eben verlassen hatte, wesentlich unterschied. Statt etlicher sechzig Schüler zählten wir nun gegen hundert. In Augsburg überwog das wohlgezogene, protestantische, hier das oft ungeschlachte katholische Element. Es waren zur größeren Hälfte Bauernjungen, die vom Lande hereingekommen, um mit Freitischen und anderen Unterstützungen »auf Geistlichkeit« zu studiren. Da in Altbayern ein Junge, der sonst zu gar nichts taugt, am liebsten »zur Studi« bestimmt wird, so hatten wir eine Menge Mitschüler, die für die Wissenschaft nicht das Mindeste zu versprechen schienen.

War nun der Lehrer gewissenhaft, so verging die Hälfte der Schulzeit mit den Schwachen, die er nachholen und mit denen er immer wieder von vorne anfangen mußte. Dies wirkte so abspannend und ermüdend, daß ich drei Viertheile der Lehrlinge gerne in die Wüste gejagt hätte. Einer war aber darunter, der jüngste und talentvollste von allen, ein Baron Josef von Tautphoeus, der Sohn eines Postmeisters in Lindau, der damals schon den Homer und andere sehr ernste Bücher über Naturwissenschaft und National-ökonomie las und in jedem Jahre der erste war. Man sagte ihm eine enorme Zukunft voraus. Wir wurden und blieben sehr gute Freunde, bis er einmal am Ende der Universitätszeit plötzlich verschwand und zuletzt in Rio Janeiro auftauchte, wo er ein Erziehungsinstitut errichtet haben sollte. Er schrieb aber nie mehr eine Zeile nach Europa und es ist bald fünfzig Jahre, daß weder seine Eltern, die jetzt auch schon lange gestorben, noch seine Verwandten ein Wort von ihm gehört haben.

Unter unseren Lehrern ragte damals namentlich Leonhard Spengel hervor. Er hatte in jugendlichem Alter ein paar Lehrjahre in Berlin verlebt und alle Manieren wie die Sprache eines jungen Berliners mitgebracht. Er war geistreich, keck, wegwerfend, aber immer liebenswürdig. Um den Lehrplan kümmerte er sich sehr wenig, sondern that viel lieber, was ihm sein Genius befahl. Er fing die Weltgeschichte bald von hinten, bald von vorne an. Eine grammatische Frage konnte uns oft Tage lang beschäftigen und dann übersprangen wir wieder zwanzig andere. Der Zweifel, ob in der ersten Horazischen Ode Vers 6 *evehere* oder *evehit* zu lesen, wurde einst drei Tage lang auf's Eingehendste erörtert, aber doch nicht endgiltig gelöst. Einmal bekamen wir eine Abhandlung über römisches

Geldwesen, über Agio, Rabatt, Disconto, Provision u. dgl. zu übersetzen, eine Aufgabe, die uns trotz aller Wörterbücher zur Verzweiflung brachte, aber doch ausging »wie das Hornberger Schießen«, da uns der Lehrer zwar über unsere einfältigen Arbeiten schimpfte, aber doch nie sagte, wie sie eigentlich hätten sein sollen. Das Jahr, das wir bei Leonhard Spengel zugebracht, war immerhin das anregendste und belehrendste in unserer Schulzeit. Er selbst wurde später Professor an der Hochschule zu München, dann nach Heidelberg und von da wieder nach München berufen, wo er vor wenigen Jahren starb.

Auch unser Dichter und Historiker, Dr. Michael Söltl, später Hausarchivar und geheimer Hofrath, jetzt noch in hohem Alter und hoher Achtung zu München lebend, war einst mein Lehrer, doch nicht länger als ein halbes Jahr, da er im nächsten Herbste schon eine andere Bestimmung erhielt. Auch er zeigte sehr guten Willen und strebte nach idealen Zielen, erlebte aber mit unseren Bettelstudenten viel Verdruß. Auch er suchte unsere ungefügen Sitten möglichst zu mildern und uns durch sein eigenes Beispiel zu Dichtern heranzubilden, fand jedoch wenig oder gar keine Nachfolge.

Sonst war an diesem »alten Gymnasium« eben nicht viel zu lernen – indessen was die öffentlichen Schulstuben nicht boten, das suchte ich mir zu Hause im stillen Kämmerlein selbst zu verschaffen. Von meinem zwölften Jahre an legte ich in der That einen rühmlichen Fleiß aus. Namentlich war mir die Sprache der Griechen an's Herz gewachsen. Mit vierzehn Jahren hatte ich die Odyssee und die Iliade durchgepflügt, darauf den idyllischen Theokrit, Herodot und Xenophon kennen gelernt. Im Lateinischen geschah weniger, aber sehr viel Zeit wurde auf die neueren Sprachen verwendet. Im Französischen hatte mich mein lieber Vater schon in Aichach ziemlich weit gebracht; jetzt fing ich englisch, italienisch, spanisch, portugiesisch, später auch dänisch und schwedisch an.

Lehrer mochte und verlangte ich nicht; um ihnen zu entkommen, hatte ich z.+B. in Arnolds englischer Grammatik das ganze vielleicht dreißig Seiten lange Capitel von der Aussprache Wort für Wort durchgearbeitet, was sich später, als es zum Treffen kam, ganz ausreichend erwies. Die französischen Bücher, die ich damals las, kann ich nicht mehr nennen, doch weiß ich, daß ich Fénélons

Télémaque, den ich unter meinem Vater zu übersetzen angefangen, entschieden verwarf und nie zu Ende brachte. Im Italienischen kamen das befreite Jerusalem, und im Spanischen Don Quixote, im Portugiesischen das Leben des Don Joao de Castro an die Reihe. Etliche Jahre später warf ich mich auch auf Lord Byron, zunächst auf seinen Childe Harold, der mir ungemein gefiel, und dem ich dann seine andern Werke folgen ließ. Ich bin damals starker Byronist geworden, vielleicht nicht zu meinem Vortheile. Wir Kinder waren nämlich in Aichach, in Augsburg und in München alle sehr schüchtern erzogen worden, und diese Erziehung wirkte noch merklich nach, als wir zu unseren Tagen gekommen waren und in der Welt »auftreten« sollten. Vor gelehrten, hochgestellten, berühmten Männern hatte ich lange hin eine erhebliche Scheu. Einem Professor an der Hochschule einen Besuch abzustatten, kostete mich z.+B. eine solche Ueberwindung, daß ich manchen ganz unbesucht ließ. Zu dieser anerzogenen Blödigkeit kam nun die poetische Misanthropie, die mehr oder weniger künstliche Welt- und Menschenverachtung des edlen Lords, die mir ein Recht zu geben schien, wenn ich den Sterblichen, die mehr als ich bedeuteten, aus dem Wege ging. Ich wurde auch zu Hause ganz *gloomy*, was meinen Eltern gar nicht sehr gefallen wollte. Nebenher ging aber immerhin eine Laune, die nur wenig geschürt zu werden brauchte, um recht lustig aufzuflackern; oft auch zeigte sich eine plötzliche Keckheit, die mich selbst überraschte. Jenes schüchterne Wesen verlor sich zum guten Theile später in Griechenland, aber die letzte Scheu vor der Öffentlichkeit verschwand doch erst nach langen Jahren, erst als ich öffentlich zu reden anfangen mußte.

Ich wundere mich jetzt oft, was ich damals in jene wenigen sieben Jahre alles hineinzupfropfen wußte. Ich saß nicht allein zu Hause über den Büchern, sondern war auch ein Botaniker, der jeden schönen Sommerabend im englischen Garten herumstreifte, um Blumen ins Herbarium zu sammeln, nebenbei auch mutterseelenallein auf dem einsamen See herum zu schiffen. Dieser See, den damals Niemand beachtete, trägt jetzt – so geht die Zeit voran – eine zahlreiche Flotille, und ist namentlich an Sonn- und Feiertagen mit glücklichen Menschen in farbigen Nachen dicht besät. Auf demselben See trat ich im Winter als eifriger Schlittschuhläufer auf. Auch geigen lernte ich vielleicht fünf Jahre lang, auf Andringen meines Vaters, der ein sehr guter Musiker war, aber aus mir keinen machen konnte.

Mächtiger als alle diese Ziele zog mich die Kunst an. Ich hatte schon in den Kinderjahren auf den Bilderbogen etliche hundert Soldaten und Türken übermalt, in Aichach auch vom Stadtmaler Unterricht im Zeichnen erhalten, dann im Gymnasium die Zeichnungsstunde besucht, aber immer lieber ohne Lehre und Aufsicht für mich selbst geschaffen, endlich gar in Oel zu malen gewagt und wenigstens zu meiner Zufriedenheit mein eigenes Conterfei in die Welt gesetzt. Zuletzt erhielt ich wieder unerbeten einen Lehrer, das trockenste, langweiligste Menschenkind, das ich je kennen gelernt, das mich für die Kunst weder begeistern konnte noch wollte. Unter seiner Leitung zeichnete ich noch mein letztes Werk, ein großes Crayonbild des heiligen Ignatius, der der Namenspatron meines »Firmgöthen,« des hochwürdigen Directors von Unser Herrgottsruhe bei Friedberg war. Dann legte ich den Griffel nieder. Um in die Akademie überzutreten, hätte ich nur eines kleinen Schubs bedurft, aber mir war leider unter meinen Büchern so wohlig, daß ich mir selbst den Schub nicht geben wollte, und da er auch von keiner anderen Seite kam, so blieb ich eben »bei der Studi,« was mich später nicht selten gereut hat.

Der Trieb zu wandern zeigte sich sehr früh. Im Alter von zwölf Jahren hatte ich's den Eltern schon abgewonnen, daß ich zu Landrichters in Aichach, im nächsten Jahre, daß ich zum Pfarrer in Wittislingen bei Augsburg, der mir früher als Caplan zu Aichach lateinische Stunden gegeben, »in die Vacanz« gelassen wurde. In das folgende Jahr fällt eine Reise, die ich von Buchloe, wohin mich ein Freund meines Vaters geladen, mit einem dort vorgefundenen älteren Studenten nach Schaffhausen und um den Bodensee unternahm. Wieder im nächsten Jahre durfte ich mit einem Brauerssohn aus München, einem Mitschüler, eine Wettfahrt in die Schweiz veranstalten. Diese Aussicht begeisterte mich. Ich begann schon im Winter die literarische Vorbereitung, las Ebel, Johannes von Müller nebst vielen anderen Büchern, und war daher recht leidlich unterrichtet, während mein Gefährte von der Schweiz nur den Namen wußte und auch den Dialekt der Schweizer ganz unverständlich fand. Er überließ sich daher unbedingt meiner Leitung und wir kamen vortrefflich mit einander aus. Wir gingen über Appenzell,

Glaris, Uri an den Gotthard, dann hinunter an den Rhonegletscher, von da nach Grindelwald, Bern, Luzern, Zürich, Schaffhausen und kamen wohlbehalten in Ravensburg an. Da trennten wir uns; mein Gefährte ging wieder nach Hause, während ich, um auszuruhen, noch mehrere Tage bei meinen dortigen Verwandten blieb. Die ganze Reise hatte fünf und zwanzig Tage gedauert und – dreißig Gulden gekostet. Dies seltsame Ergebniß erklärt sich dadurch, daß wir Beide nur gehen und sehen wollten, darin unsere volle Befriedigung fanden, uns die strengste Askese auferlegten, nie einen Bissen oder einen Schoppen mehr als nothwendig war, zu uns nahmen und die großen, theuern Städte dadurch unschädlich machten, daß wir jedes Mal eine Stunde vor dem Thore in einem Landwirthshause über Nacht blieben des Morgens in die Stadt gingen, die Kirchen, Zeughäuser und andere Merkwürdigkeiten besichtigten und am Abend wieder jenseits in einem stillen, billigen Dörflein Herberge suchten.

Der schöne Erfolg empfahl eine Wiederholung. Im nächsten Herbste 1830 fanden sich unser sieben Jungen, theils Freunde von Augsburg, theils Münchner, in Weilheim ein und wanderten von da über den Fern nach Mals, über das Wormser-Joch ins Veltellin, nach Como, Lugano, über den Simplon nach Chamounix, nach Genf, Lausanne und über Bern und Zürich an den Bodensee. Auf dem Heimwege bröckelte sich aber einer nach dem andern ab, und wie es eigentlich ausgegangen, ist nicht mehr festzustellen.

In den nächsten Jahren folgte eine Reise über Salzburg nach Innsbruck, eine andere nach Venedig mit Heimweg über Triest und Salzburg, eine dritte an den Rhein u.+s.+w. Um mit den Reisen aufzuräumen, sei gleich hier erwähnt, daß ich in den letzten fünfzehn Jahren den Herbst meistentheils in Tirol verbracht habe, daß ich 1867 in Paris, 1876 drei Monate in Italien, 1878 in dem schon früher besuchten Wien gewesen und in Ungarn bis Orsova gekommen bin. Zu anderen Zeiten habe ich mir auch Köln, Hamburg, Berlin besehen.

In jenen Tagen, 1828, habe ich auch ein Tagebuch angelegt. Es ist früher öfter unterbrochen worden, läuft aber wenigstens seit meiner Heimkehr aus Griechenland ohne Lücken fort.

Nun war das Gymnasium überstanden und die Hochschule zu beziehen. Man sollte philosophische Collegien hören, aber bei dem alten, ehrwürdigen, jedoch kleinen und zaundürren Meilinger, einem ehemaligen Mönchlein, war Wohl eine Art Logik zu haben, nur daß sie Niemand aushalten konnte. Unser Historiker, der patriotische Buchner, der He-Buchner genannt, weil er nach jedem bedeutenden Satze seine Zuhörer durch ein gemüthliches He? zur Abgabe ihrer Meinung aufforderte, dieser treffliche Mann las seine langweilige Geschichte des Bayerlandes so langweilig herunter, daß ich's auch nicht länger als eine oder zwei Stunden ertrug. Andere Versuche befriedigten eben so wenig, »Jetzt,« sagte ich im Selbstgespräch zu mir, »jetzt, nachdem ich fast alles von mir selbst gelernt, soll ich mich wieder auf die harten Bänke setzen und diese geistlosen Weltweisen anhören? Heißt das nicht seine Zeit vergeuden?« Mir schien es Pflicht zu Hause zu bleiben und für mich selber fortzulernen. Einmal kam ich wohl zu Görres, ein andermal zu Schelling, aber Katheder, Schulbänke, und Hörsäle waren mir so widerwärtig, daß ich auch zu ihnen nicht zurückkehrte. Das war nicht zu loben und ärgert mich heute noch. Doch erinnere ich mich, daß ich schon im ersten Semester bei dem gemüthlichen Gotthilf Heinrich Schubert ein Collegium überdauerte, das er im besten Thüringer Deutsch über Erd- und Himmelskunde abhielt. Ihm habe ich sehr gerne zugehört.

In den Vorlesungen über Philologie, der ich mich ja eigentlich widmen wollte, wurde ich dagegen selten vermißt. Friedrich Thiersch dictirte eine Encyklopädie der philologischen Wissenschaften und erläuterte des Aeschylos Agamemnon, beides schöne Collegia.

Indessen – auch die Philologie gefiel mir jetzt nicht mehr so einzig, seitdem ich sie von andern lernen sollte. Ferner schien es mir doch nicht gar so beneidenswerth, mich mein ganzes Leben lang als Gymnasiallehrer mit ungezogenen Jungen herumzubalgen, und selbst diese Aussicht war sehr verkümmert, da in jenen Tagen eine Wallersteinische Verordnung erschien, welche zu solchen Lehrstellen vorzüglich geistliche Herren verwendet wissen wollte. So beschloß ich denn, allmählich zu einem andern Fache überzugehen und richtete mein Augenmerk auf juridische Collegien. Ich besuchte deren einige sehr fleißig, andere gar nicht. Nebenher betrieb ich immer noch literarische und historische Studien, und das Tagebuch spendet meinem Fleiße oft lautes Lob, aber eine warme Liebe zu dem neuen Fache wollte sich doch nicht einfinden. Im letzten Semester, wo es auf das Examen losging, stellte ich zwar entsagend die schönen Wissenschaften ganz bei Seite, aber die Zeit, die dadurch frei geworden, verwendete ich doch nicht allein auf Wanderungen durch die Pandecten und den gemeinen deutschen Civilproceß, sondern holte lieber gute Freunde ab und wanderte mit ihnen auf die Menterschwaige oder in den englischen Garten. Nebenher klagt dann das Tagebuch über Langweile, Abspannung und Müßiggang. Dieses letzte Semester hat meinem Genius – so zu sagen – das Genick gebrochen. Ich fühlte deutlich, daß ich nicht auf dem rechten Wege sei, aber ich wußte keinen andern. Der rühmliche Fleiß verflog sich, er schien überflüssig, wenn man nur k. bayerischer Assessor werden und sein Leben in der Kanzlei beschließen wollte.

Am 18. November 1833 schlüpfte ich glücklich durch's Examen und am andern Tage ging ich auf die Bibliothek und holte mir, um doch wieder einmal etwas Vernünftiges zu lesen, *Floresta de rimas antiguas castellanas* und Camoëns' *Lusiadas*.

So war denn die Hochschule überstanden. Mit dem Bekenntnisse, daß ich nicht soviel gelernt, als ich hätte lernen können, ist die Mittheilung zu verbinden, daß ich immer, so lange diese Jahre währten, in einer anziehenden Tafelrunde von jungen Freunden gelebt habe, welche sich einer guten Aufführung beflissen, den Studien mit großem Fleiße oblagen und des Abends, den wir im Sommer gern auf den Kellern zubrachten, mit Eifer über das Eingenommene disputirten. Außerdem bestand ein lebhafter und langer Verkehr mit einem jungen Schottländer, der eines Processes halber sich in München aufhielt, mit einem italienischen Flüchtling aus Verona, mit mehreren Franzosen und andern Landsleuten des Schottländers und des Veronesers, so daß es an guter Gelegenheit, sich in den neueren Sprachen zu üben, durchaus nicht fehlte.

Nun sollte ich also in die Praxis gehen. Der innere Drang zu diesem neuen Leben war sehr schwach. »Ich bin herzlich froh,« sagt das Tagebuch, »daß ich nicht mehr Student bin, und ich wäre ebenso zufrieden, wenn ich gar nicht anfangen dürfte, Practicant zu sein.«

Immerhin trat ich beim k. Landgericht Au, in einer Vorstadt der Metropole, ein, mit mir noch ein Dutzend Anderer, die auch eben von der Universität kamen. Beschäftigung war eigentlich keine gegeben, denn die wenigen Acten, die den Practicanten überlassen wurden, waren in den festen Händen der »Alten,« das heißt derer, die schon vor längerer Zeit da eingetreten und, schon einigermaßen geübt waren. Der Assessor, ein sehr ehrenwerther und geschickter Mann, hatte immer mit unglücklichen Mädchen, verlassenen Gatten, mißhandelten Gattinnen, mit ungeduldigen Gläubigern, beeinträchtigten Gewerbsleuten u.s.w. zu thun und konnte sich mit uns nicht abgeben. »Nur brav Acten lesen!« wiederholte er jeden Tag. Unser Eifer war aber nicht sehr groß. Da wir nichts zu thun hatten, so kamen wir spät, und da uns Niemand aufhielt, so gingen wir wieder früh. Die Vereinbarung über den Frühschoppen »im grünen Baum« kam jeweils mit merkwürdiger Leichtigkeit zu Stande. Ich machte mir wenig Grillen über dies Schlaraffenleben, denn mit meinen Gedanken war ich damals nicht im Landgericht Au, sondern – im schönen Griechenland!

Denn es war im lieben Vaterlande nicht mehr recht behaglich. König Ludwig hatte die freisinnigen Vorsätze, mit denen er den Thron bestiegen, seit Weihnachten 1830 aufgegeben und sich ganz und gar auf die andere Seite geschlagen. Darum viel Mißvergnügen in den gebildeten Schichten, zumal unter den Studenten, die so beliebig gepackt, in die Frohnfeste gesteckt und nach einigen Monaten ungerecht verurtheilt oder wieder ausgelassen wurden, weil eigentlich nichts gegen sie vorliege. Dazu kamen in damaliger Zeit noch andere sehr trübselige Erscheinungen, auf die wir hier nicht näher einzugehen haben.

Kurz, mich drückte der bayerische Himmel. – Da zog nun eines Tages Prinz Otto von Bayern nach Griechenland, um dort ein König der Hellenen zu werden. In jenen Tagen erwachten alle meine philologischen und humanistischen Neigungen wieder mit neuer Kraft. Ich glaubte zu ahnen, »daß ich nicht für mein Vaterland geboren sei, daß ich aber in Griechenland gedeihen werde.« Das Tagebuch spricht nun immer öfter von dem Lande meiner Sehnsucht und widmet meinen Träumereien die wohlwollendste Pflege. Was ich dort in Achaia oder Jonien werden sollte, das nahm ich freilich nicht so genau. Bald sah ich mich im Geiste als Professor zu Athen, bald als Gouverneur auf Naxos, als Capitain auf Akrokorinth, als Secretair des Grafen Armansperg. Ich bin aber nur Letzteres geworden.

Meine Eltern boten zwar alle Beredsamkeit auf, mich von diesem »unseligen Gedanken« abzubringen, aber ich ließ ihn nicht mehr fahren, und that alles Thunliche, um die Sache in Gang zu bringen. Und nach mancherlei Aufschub und Verzögerung wurde ich am 18. Februar 1834 zum Hofbanquier von Eichthal gerufen, um dort zu vernehmen, daß ich mit 600 fl. Gehalt als Regentschaftssecretair in Griechenland angestellt sei; überdies wurde ein Reisegeld von 150 fl. gewährt. »Nun darf ich auch wieder einmal einen Freudenschuß ablassen.«

Von meinen Eltern unter Thränen, von meinen Freunden und Gönnern, auch von manchen alten und noch mehr jungen Freundinnen mit warmen Abschiedsworten und den besten Wünschen entlassen, mit vielen Empfehlungsbriefen versehen, zog ich am 30. März in die blaue Ferne. Die Reise ging über Venedig nach Triest, wo den »Regentschaftssecretair« das griechische Packetboot Minerva (Athena) aufnahm, das ihn am 3. Mai, dem Ostertage, glücklich in Nauplia, der damaligen Residenz, an's Land setzte.

Die ersten Eindrücke waren nicht so erfreulich, wie ich sie erwartet hatte. Die jungen Bayern, die da schon in Amt und Würden standen, zeigten sich sehr kühl und vornehm, was sich erst später aufklärte. Die Mitglieder der Regentschaft, Graf von Armansperg, der Präsident, Staatsrath von Maurer, General von Heideck, Legationsrath von Abel, nahmen meine erste Visite zwar freundlich an, und Herr v. Maurer, der mich noch von der Universität her kannte, lud mich auch sofort zu Tische ein; dann aber hörte ich sehr wenig mehr von den hohen Herren. Doch zog mich das neue, fremde Leben mächtig an; diese Palikaren in ihren prächtigen Trachten, diese Häuptlinge mit ihrem fürstlichen Anstand, die Seeleute und ihr lautes Treiben im Hafen, die schweren Kriegsschiffe auf der Rhede – diese und andere ungewohnte Erscheinungen gaben viel zu schauen und zu denken. Uebrigens hatte ich mich in den letzten

Monaten zu München schon sehr fleißig mit der Sprache beschäftigt. Das Neugriechische, wie es in den Büchern stand, bot mir als ehemaligem Philologen gar keine Schwierigkeiten und in der Volksmundart hatte ich mich auf dem griechischen Packetboote mit Capitain und Matrosen durcheinander so vielfach geübt, daß ich zu Nauplia schon als frühreifer Graeculus an's Land stieg.

Im Ganzen fand ich die Griechen sehr liebenswürdig und hatte bald viele Bekannte unter ihnen. Ihre Cultur, von Cekrops und Pelops anhebend, an der so viele weise Männer, – so viele schöne Frauen – gearbeitet, ist in den äußern Formen auch durch die Türken nicht geschädigt worden. Ihr geselliges Auftreten, ihre Art sich darzustellen, zu sprechen, zu discutiren, war den bajuvarischen Manieren, wie wir sie hineingebracht, unbestreitbar überlegen. Eine tiefere Charakteristik aber soll hier nicht versucht werden.

Nauplia, das alte Türkenstädtlein, hat vor sich das Wasser, vielmehr den Hafen, hinter sich den steil abfallenden, langgestreckten Fels, auf dem die Festung Itschkalé, rechts den Palamidi, einen himmelhohen, senkrechten Steinblock, auf welchem gleichfalls ein altes Castell. Von der See aus betrachtet, zeigte sich die damalige Hauptstadt der Hellenen ganz ansehnlich, wie sie denn auch im Innern schon einige Cultur erlitten hatte. Neben ärmlichen Hütten standen auch schon neue hübsche Häuser, dazu gab es reinliche Straßen und eine geräumige Piazza. Die Caffen és am Hafen stammten noch aus der Türkenzeit, die Bella Italia, ein leidliches Speisehaus, war dem neuerstandenen Griechenland von Triest her nachgezogen. Aus der Stadt führte nur ein schmales Thor und ein schmaler Einlaß in die Freiheit, in das Land hinaus, doch war nicht weit draußen auf höherer Terasse schon ein niedliches Ziergärtlein angelegt, wo ein Springbrunnen sprudelte, Caffee nebst Wein genossen, und die ganze weite argolische Ebene überschaut werden konnte. Jetzt, als im Frühsommer, war diese noch ziemlich grün, aber später wurde sie immer gelber. Von Busch oder Wald war da keine Spur – nur einige Oelbäume standen im weiten Felde.

Ich war mit einem Thüringer und einem Sachsen angekommen und in eine Stube gezogen, welche monatlich sechzehn Gulden kostete und ziemlich groß, aber wie da gewöhnlich, ohne alle Einrichtung war. Diese hatten wir in Triest zusammengekauft und, ich weiß auch nicht mehr warum, auf ein anderes Schiff verfrachtet, welches erst später ankam, so daß wir jetzt weder Stühle oder Tische, noch Betten hatten und alles, was wir in den Koffern mitgebracht, auf dem Boden herumlegen und auf diesem schlafen mußten.

Doch blieben wir nicht lange beisammen – ich wollte lieber allein sein und bezog am vor deren Abhang des Itschkal é eine ehemalige Waschküche, die aber reinlich geweißt und mit frischen Fliesen ausgelegt war. Für Bett und Tisch fand sich Raum genug. Etliche Mäuschen, die mir zu viel Platz wegnahmen, habe ich eigenhändig erschlagen. Wenn der Mond am Himmel stand, schleppte ich meinen Strohsack auf das flache Dach und erfreute mich an seinen Strahlen. Erst später hörte ich, daß ich davon hatte mondsüchtig werden können. Außerdem waren nicht viele Genüsse zur Hand. Hinter dem Itschkal é konnte man wohl im Meere baden, aber die Seeigel, die da auf dem Grunde lagen, zeigten sich mitunter sehr unangenehm und zuweilen wollte man in naher Ferne auch Haifische gesehen haben.

Am Tage nach meiner Ankunft meldete ich mich zum Eintritt in die Regentschaftskanzlei bei Herrn Ferdinand Stademan, dem geheimen Secretair, der unter den Bajuvaren der höflichste, weil er ein geborner Berliner war. Mich schien Niemand erwartet zu haben. Jener sah mich zweifelnd an und sagte: »Ja, ich habe keine Arbeit für Sie. Ich will's Ihnen sagen lassen wenn etwas auskommt!« Gar nicht verletzt, nahm ich einen Gaul und ritt nach dem hochummauerten Tirynth, wo Herkules als Kind Vergißmeinnicht gepflückt und Schmetterlinge gefangen, nach Mycenä, zum Grab des Agamemnon, und in's pelasgische Argos – ein unvergeßlicher Tag!

Als ich damals die Waschküche bezog, gewahrte ich im ersten Augenblick, daß sie eine unvergleichliche Aussicht bot über die Stadt und den Hafen und über die fabelhaften Königsburgen bis an die erhabenen Berge, durch die einst die dorische Wanderung herabgekommen. Unter Tags stieg ich gewöhnlich auf ein paar Stunden in die Stadt hinunter. Abends saß ich vor meiner Thüre und las oder schaute in die weite Ferne. Meine Gesellschaft war ein alter Gelehrter von der Insel Patmos, der neben mir wohnte. Er war etwas phantastisch costumirt, trug eine lange seidene Tunica mit seidener Schärpe und einen tuchenen Talar darüber, auf dem Haupte aber einen hohen, fast spitzigen Cylinderhut ohne Krempe, grade wie die Zauberer auf der Bühne, so daß ich ihn anfangs auch für einen solchen hielt. Wir verplauderten auf unsrer Hochwarte manche Viertelstunde, schwatzten auch viel von seiner Insel, wo der heilige, Johannes die Apokalypse geschrieben, aber was der Patmier in Athen zu ergattern suchte, blieb mir immer ein Geheimniß. Vierzehn Tage nach meiner Ankunft erhielt ich endlich eine Zuschrift unseres Geheimschreibers, welche mich einlud, am nächsten Morgen um zehn Uhr im Regentschaftsgebäude zur Verpflichtung zu erscheinen. Endlich war's von oben auch heruntergekommen, ich solle über die griechischen Bittschriften gelassen werden und auf jede derselben in kurzer Übersetzung den Betreff vermerken. Dieser Bittschriften war ein schöner Stoß, denn seit die beiden Dolmetscher abgegangen, hatte sich Niemand mehr um sie gekümmert, weil sie Niemand verstand. Es waren lauter flehentliche Nothschreie um Unterstützung, da die Hagarener, Saracenen, Ismaeliten – lauter Euphemismen für die wackern Türken – alles verbrannt, verheert und verwüstet hätten.

Damit war etwa für acht Tage Arbeit geschafft, aber nachdem die Bittschriften aufgearbeitet, traten wieder flauere Zeiten ein, da fast jedes Hauswesen in Griechenland seine »Anaphora«, sein Unterstützungsgesuch, bereits übergeben hatte und der Einlauf nicht mehr stark war.

Und so saß ich denn am letzten Juli 1834 im kühlen Morgenwinde vor meiner Thür und blätterte in einem Buch, als ein Amtsdiener den Steig heraufkeuchte und mir von weitem zurief, ich solle rasch hinunterkommen; ich werde erwartet. Als ich unten in die Kanzlei trat, sagte der geheime Secretair mit hochwichtiger Attitüde: »Nach unseren Ihnen bekannten Vorschriften war ich berechtigt, Sie um sieben Uhr im Bureau zu erwarten. Jetzt ist's bald acht!«

»Ich habe ja um elf Uhr nichts zu thun!«

»Se. Excellenz haben schon zweimal nach Ihnen gefragt. Gehen Sie schnell hinüber, schnell!«

Ich ging also ohne Aufenthalt in das Bureau des Präsidenten. Er stand mit freundlichem Lächeln vor mir und sprach: »Sie sind mir gut empfohlen, aber ich konnte bisher nichts für Sie thun. Sie werden von jetzt an in meinem Cabinete arbeiten. Ich rechne auf Ihre Redlichkeit und Ihren Fleiß.« Als er dies gesprochen, neigte er leise das Haupt und entließ mich.

Dieser Vorgang erklärt sich, wenn man weiß, daß schon einige Zeit zuvor zwischen dem Präsidenten und den andern Mitgliedern der Regentschaft eine tiefe Spaltung ausgebrochen war. Die Lösung lag in München bei König Ludwig I. Dieser befahl, daß Graf Armansperg seine Stelle behalten, die Herrn v. Maurer und v. Abel aber – General Heideck hatte sich wieder versöhnt – nach Bayern zurückkehren sollten. Für sie trat nun des Grafen ungefährlicher, von ihm postulirter Freund, der Staatsrath Egid von Kobell, ein, der eben angekommen war und den königlichen Erlaß selbst mitgebracht hatte. In der Stadt entstand natürlich bei diesem Umschlag eine große Aufregung. Auch mein alter Patmier blieb nicht ungestreift. Βασιλιχον τω οντι, sprach er mit erhobener Stimme, το διαταγμα χαι ο ανθρωποσ! »Königlich fürwahr, der Befehl und mit ihm der Mann!«

Unter den feindlichen Regenten war übrigens angenommen worden, daß keine Seite Personal an sich ziehen und sich so verstärken dürfe. Deswegen hatte ich denn seit meiner Ankunft wie in der Vorhölle gelebt und Nichts zu thun gehabt, denn die Excerpirung der Bittschriften war doch nur ein Trugbild, weil die Mittel, ihnen gerecht zu werden, leider nicht vorhanden waren. Meine Landsleute, die nicht wußten, ob ich zu dem Grafen oder zu seinen Gegnern zu rechnen, hatten sich deswegen so vorsichtig und zugeknöpft gehalten. Jetzt war natürlich die Physiognomie der ganzen Gesellschaft eine andere und viel wärmere geworden.

So ward ich denn plötzlich aus meiner Niedrigkeit emporgeschnellt, aber an meinem Gehalt wurde nicht gerüttelt. Er blieb noch immer auf 120 Drachmen des Monats stehen und wurde erst im November auf 180 Drachmen (900 fl. jährlich) erhöht.

Nun kam aber viel Arbeit über mich. Ehe ich mich umsah, lag eine hohe Schichte von Acten vor mir, die ich sofort bearbeiten sollte. In der Kanzlei des königlichen Landgerichts Au hatte ich kaum gelernt, wie man die Acten auf und zubindet, auf Concepte und Signale hatten wir andern uns gar nicht eingelassen. Doch waren die Kinderschuhe in wenigen Tagen ausgetreten. Den Präsidenten sah ich zwar nicht gar oft, aber was ich verfehlt hatte, das kam mit seinen kleinen Bleistiftnoten zurück, welche mir anzeigten, wie es besser zu machen wäre. Der Einkauf bestand zumeist aus den Anträgen und Vorlagen der Ministerien, die von der Regentschaft, jetzt dem Grafen Armansperg allein, beschieden werden sollten. Für Justiz, Finanzen und Krieg waren nun andere Hyperboreer meines Schlages aufgestellt, mir fiel alles Andere zu, was da nach überblieb. Im Anfang versah der Präsident die besagten Anträge und Vorlagen sämmtlich mit seinen Bleistiftnoten, und da hatte ich dann, je nachdem es »anzunehmen« oder »abzulehnen« hieß, die entsprechenden Erlasse zu stilisiren. Manchmal hieß es: »umzuarbeiten«, und da waren auch die Zielpunkte, nach denen ich mich zu richten hatte, angegeben. Später hieß es sehr oft: »Nach eigenem Ermessen« und dann konnte ich mein eignes Licht leuchten lassen. Nebenbei war aber noch manches zu übersetzen, Artikel aus griechischen und englischen Zeitungen. Denkwürdigkeiten oder auch Denunciationen und Enthüllungen, welche die Häuptlinge, die ihre Sprache nicht schreiben konnten, von irgend einem Schriftgelehrten hatten aufsetzen lassen, um sie dem Präsidenten im tiefsten Geheimniß zuzustecken.

Am meisten und am liebsten nahm ich mich um das Schulwesen an. Für dieses hatte allerdings schon Herr von Maurer sehr fleißig gearbeitet, aber immer im Kampf mit unermeßlichen Schwierigkeiten. Im ganzen Lande war 1833, wie ein damaliger Zeitungsartikel besagte, kein Abcbuch und kein Einmaleins vorhanden, dagegen fanden sich Widerwärtigkeiten ohne Zahl. Die deutsche Schule in Nauplia z. B. ging auseinander, weil man in der Noth einen protestantischen Lehrer hineingesetzt; mit unsäglicher Mühe wurde das Gymnasium daselbst wenigstens auf dem Papiere fertig, aber als die Lehrer ernannt waren, wollten sie ihr Amt nicht antreten. Die wenigen Griechen, die zu Lehrern taugten, trachteten nämlich alle nach anderen Stellen, weil diese besser bezahlt wurden. Auch ein weibliches Erziehungsinstitut ward gegründet, aber die griechischen Mütter wollten ihre Töchter nicht fränkisch erziehen lassen. Glaubte man alles beisammen zu haben, so fehlte das Local. Und so ging es weiter in jeder Richtung, wie Herr v. Maurer in seinem Buche zum Haarsträuben schildert.

Herr v. Maurer spendete übrigens aus dem großen Anlehen noch mit vollen Händen; als Graf Armansperg auch dieses Fach übernahm, sah man der Truhe schon auf den Boden und es mußte gespart werden. In frühern Zeiten hatten allerdings reiche, begeisterte Griechen in Odessa, Alexandrien u.+s.+w. viele Millionen für die Schulen Griechenlands geschenkt, aber als König Otto das hellenische Gestade betrat, waren diese Summen spurlos verschwunden. Man hat nie erfahren, wo sie hingekommen.

So war denn trotz aller Mühe, die Herr v. Maurer aufgewendet, das Schulwesen in üblem Zustande. Ich suchte mich bestens zu unterrichten, nach und nach die Lehrer kennen zu lernen, ging auch in die Prüfungen und verkehrte viel mit dem trefflichen Professor Dr. Ulrichs aus Bremen, den die Regentschaft mitgebracht und nach Aegina in's Gymnasium verlegt hatte, wo er blieb, bis wir uns in Athen zusammenfanden. Dieser war ein gelehrter und geistreicher Philhellene noch jugendlichen Alters, mit dem sehr angenehm umzugehen war. Ich ließ mich gerne von ihm inspiriren und auf seinen Rath überreichte ich dem Präsidenten im März 1835 eine Denkschrift, in welcher es, um nur einen Satz herauszuheben, heißt:

»Das Gymnasium von Athen, gegenwärtig als die erste Lehranstalt des Reiches zu betrachten, ist seiner Auflösung nahe – die Lehrer gehen schon seit lange mit dem Gedanken uni, sämmtlich ihre Entlassung einzugeben und verblieben bisher nur widerwillig auf ihrem Posten, der nur beschwerlich und viel verlangend, aber weder ehrenvoll noch einträglich ist. Der Grund dieses Mißvergnügens ist einerseits die unangemessene Behandlung der Anstalt und der Lehrer von Seiten des Ministeriums, andrerseits die für Griechenland unverhältnißmäßig geringe Besoldung.«

Der Graf war zwar ganz willfährig, auch für die Schulen thätig einzutreten, aber er fand wirklich keine Zeit dazu. Auf dem Papiere standen übrigens die Sachen ganz befriedigend. Das Cultusministerium unter dem bekannten Jakovakis Rhisos sandte seine Vorschläge zu Schulengründungen, Lehrerernennungen u. s. w. fleißig ein, und daran wurde selten geändert; ob aber diese Schulen gediehen und wie die Lehrer sich bewährten, davon hörte man nicht mehr viel. Jedenfalls wurde anerkannt, daß die Sachen jetzt nicht mehr liegen blieben, sondern rasche Erledigung fanden.

Als ich später nach München kam, zu Friedrich Thiersch. der das griechische Unterrichtsministerium mit Recht als seine Domäne und heiß ersehnte Lebensaufgabe betrachtete, erzählte ich ihm, was da alles durch meine Hand gegangen, worauf er etwas unwirsch bemerkte: »Wie konnten Sie an solche Sachen rühren! Da gehört ein gewiegter Schulmann hin!« (Ja, wenn wir nur einen gehabt hätten!) Aber im nächsten Jahr, als Prof. Ulrichs und der später zu erwähnende Prof. Roß durch München gekommen, sagte mir mein verehrter Gönner scherzend: »Ich habe Sie damals zu wenig gelten lassen. Man war mit Ihnen sehr zufrieden. Sie waren ein ganz rarer Cultusminister!«

Allmählich schlich sich auch eine andre Beschäftigung ein, die mir aber bald sehr lästig wurde. Die Regentschaft hatte nämlich im Jahre 1833 allerdings zwei junge bayerische Hellenisten als Dolmetscher mitgenommen, allem diese waren, wie schon erwähnt, nach Jahr und Tag wieder nach Hause gegangen und ihre Stellen nicht besetzt worden. Nun gab aber der Graf mit rühmlicher Geduld alle zwei drei Tage seine Audienzen für Hellenen und Helleninnen und dazu ließ er denn abwechselnd mich oder einen zweiten jungen Bayern, der des Griechischen mächtig war, aus der Kanzlei herüberholen. Ich protestirte gegen diese Dienstleistung, als sie regelmäßig wiederzukehren begann, weil ich nicht dafür engagirt sei und sie mir eine unbelohnte Last auflege, allein im treffenden Augenblick konnte ich doch meinen Vorstand nicht ohne Hilfe lassen, und so schleppte sich denn das Verhältniß bis zu meinem Abgange fort. Uebrigens traten oft beträchtliche Pausen ein, da der Graf mitunter wochenlang seiner Gesundheit halber auf dem Lande lebte. Dieser Dienst nun bot allerdings die angenehme Gelegenheit, alle griechischen Dialecte vom Olympus bis zum Taygetus hinunter zu hören und dem ganzen griechischen Heroenthum, den alten Klephten, den Kapitanis und den Palikaren, den Kolokotronis, Grivas, Plaputas, dem Petrobei von Maina und so vielen anderen Häuptlingen in's Auge zu sehen, aber es war sehr unangenehm, daß die Vorsprechenden – die Elite ausgenommen – nach orientalischer Art Einfluß und Macht des Dragomans bedeutend überschätzten und alle Mühe daran setzten, ihn möglichst tief in ihre Angelegenheiten einzuweihen und für sich zu gewinnen. Diese Behelligungen begannen schon im Vorzimmer und wenn ich die Hilfesuchenden da los geworden, erschienen sie auf meiner Stube, blieben Stunden lang plaudernd vor mir sitzen – den bessern Leuten wurden Kaffee und Pfeifen gereicht – überfielen mich dann auf den Gassen, auf dem Spaziergang, beim Abendessen, behaupteten, mich nicht ganz verstanden zu haben, und ließen sich meine Worte nochmals auslegen. Einige fragten alle Tage nach, ob der Präsident nicht von ihnen gesprochen, ob ich ihn an sie erinnert und was sie wohl zu hoffen hätten. Das Elend war allerdings groß im Lande, eine bedeutende Anzahl verdienter und unverdienter Helden verlangten Stellung und Gehalt, eine Menge armer Wittwen flehten mit ihren Kindern um Unterstützung. Aber die Mittel waren sehr gering, und in den allermeisten Fallen hatte der Präsident nur den einen Trost zu geben: Es wird geschehen, was die Gerechtigkeit erfordert und die Umstände erlauben. Diese Botschaft hatte ich unzählige Male zu verkünden und lautet dieselbe griechisch: θα γεινη οτι απαιτει η διχαιοσυνη χαι οτι συγχωρουν αι περιστασεισ

Nicht zu vergessen, daß wir noch vor Ende des Jahres mit dem Könige und der hohen Regentschaft nach Athen übersiedelten. Wir andern wurden auf ein hydräisches Schiff geladen und Männlein und Weiblein wie die Kulis ins Zwischendeck gestampft, wir hatten aber guten Wind und sahen andern Tages schon den Piräeus, die Akropolis und den Parthenon vor uns liegen. O du schöne Zeit! So war denn die Stunde da, *to behold the scenes my earliest dreams had dwelt upon*!

In Athen standen damals nebst vielen uralten byzantinischen Kirchen etwa hundertsechzig neue Häuser auf einer sanft ansteigenden Fläche, aber mitten in einem weiten Ruinenfelde. Unter Ruinen darf man sich jedoch nicht, jene malerischen Trümmer alter Burgen denken, wie sie auf den Felsen am Rheinstrom oder in den Alpen prangen, sondern die Ruinen von Athen waren nur die letzten Ueberbleibsel der dünnen Lehmwände, welche einst ein Dach getragen und die unglücklichen Athener beherbergt hatten. Sie reichten ein paar Spannen über den Boden empor, selten höher, und dienten zu gar nichts mehr, als mit ihren Linien den Grundplan der früheren Stadt anzudeuten.

Das Leben in Athen wurde bald sehr angenehm. Unter Tags hatte ich zu thun und für die Stunden der Rast und der Erquickung fand sich immer heitere Gesellschaft. Das Abendessen wurde, da die wenigsten der Deutschen verheirathet waren, immer gemeinschaftlich in einem der griechischen Gasthöfe eingenommen, war immer stark besucht, und da es täglich etwas Neues gab, so wurde viel geplaudert und disputirt. Das war aber noch nicht die rechte Höhe, sondern wenn der Geist über uns kam, gingen wir nicht allzuselten zu Herrn Iographos, dem Malvasier, welcher den so benannten trefflichen Wein, der auf der Insel Tinos wächst, uns um billiges Entgelt vorsetzte. Dahin kamen auch gebildete junge Griechen, mit denen wir Vergangenheit, Gegenwart und Zukunft ihres schönen Vaterlandes nach unserer Einsicht oft in Ernst und Scherz erörterten. Auch deutsche Lieder erschollen da oft, wenn auch aus etwas rauhen Kehlen. Aus diesem Poetischen Winkel gingen wir nicht selten in seliger Trunkenheit nach Hause, kehrten aber am andern Morgen, wie der Harmlos in unserem englischen Garten mahnt, »neugestärkt zu jeder Pflicht zurück.« Mitunter zogen wir auch singend durch die Straßen der Hauptstadt und brachten da und dort ein Ständchen, doch Alles mit so viel Anstand, daß sich Niemand beschweren konnte. Wir waren eben Alle jung und frisch und das war so unsere »lustige Zeit«.

Im Winter ging's besonders hoch her. Da rauschte jede Woche wenigstens ein vornehmer Ball vorüber, bald bei dem Präsidenten, bald bei dem oder jenem Gesandten. Dazu wurden nun die jungen Herren der Regentschaft immer geladen und stand ihnen frei, mit Aspasiens Enkelinnen zu tanzen oder mit den anderen Huldinnen, die der Zufall aus Konstantinopel, aus Italien, aus England da zusammengeschneit. Uns galten als die ersten und glänzendsten Sterne die beiden ältern Töchter des Grafen Armansperg, Louise und Sophie, zwei vielbewunderte Erscheinungen, hochgebildet, sprachenkundig, von den anmuthigsten Manieren und den schönsten Formen. Sie vermählten sich noch in diesem Jahre mit zwei Brüdern, den jungen Fürsten Kantakuzenos. Die herrliche Louise unternahm mit ihrem Gatten eine Hochzeitsreise nach Konstantinopel, erkrankte dort und starb am 23. September heimkehrend auf einem englischen Schiffe im Piräeus. Dieses Ereigniß erfüllte uns Alle mit tiefer Betrübniß. Wir bedauerten mit inniger Theilnahme den Grafen. Louise war in all den Widerwärtigkeiten, die ihn in Griechenland umgarnten, in allen Zerwürfnissen und Kabalen, in körperlichen und geistigen Leiden sein Stolz, seine Freude und sein Trost gewesen.

Im Ganzen ragte aber das schöne Geschlecht in mein damaliges Junggesellenleben nicht fühlbar herein. Deutsche Fräulein waren nicht vorhanden, deutsche Frauen, die mit ihren Männern nach Griechenland gekommen, ganz wenige, und diese zeigten sich in der Brüder wilden Reihen nur selten. In griechischen Anstandshäusern wurden die jungen Deutschen, die alle für heirathsfähig galten, zwar sehr freundlich aufgenommen, aber wenn Töchter im Hause waren, so durften sie, sofern das Wohlwollen andauern sollte, ihre »soliden Absichten« nicht lange verheimlichen. Was mich betrifft, so hielt ich mich nicht für heirathsfähig, hatte auch keine soliden

Absichten und suchte daher den Umgang mit griechischen Mädchen eher zu vermeiden. Im Tagebuch findet sich freilich mehr als einmal Fräulein Helene **, aus bester Familie, wegen ihrer Schönheit erwähnt, allein das ist schon lange her und ich zweifle, ob ich sie jetzt wieder beschreien würde.

Was die Tage in Athen so anziehend und genußreich, so unvergeßlich macht, das sind die zahlreichen Stellen in nächster Nähe, die die Erinnerung an das Alterthum verherrlicht. Die ehrwürdige Akropolis mit ihren Tempeln wurde zwar nicht zu oft erstiegen, aber dagegen führten uns tägliche Spaziergänge auf den Areopag, zum Tempel des Zeus, in das Stadium, in die Auen des Ilissus, hinunter in Akademos' Hain, wo Plato einst gelehrt, an den Lykabettos, an den Hymettos. Vielfach auch, namentlich an Sonntagen, bestiegen wir die Gäule, die immer, wie bei uns die Droschken, vor den Thoren standen, ritten ein, zwei Stunden hinaus in die attischen Dörfer und unterhielten uns mit den Landleuten oder besuchten die feineren Familien, die dort in ihren Landhäusern weilten. Nicht selten kamen wir auch in den Piräeus hinunter, wo sich schon damals der lebendige Lärm einer Hafenstadt aufthat. Mehrere Male wurde im Phalerus, einmal auch in Themistokles' Gedächtniß an der Insel Salamis gebadet.

Wenn, was öfter geschah, russische oder englische Kriegsschiffe vor dem Piräeus geankert hatten, so wurden wir gerne eingeladen und diese Besuche gingen selten ohne einige Flaschen Marsalla ab, weiche die gastfreundlichen Offiziere spendeten. Eines Tages war sogar die amerikanische Fregatte »Constitution« erschienen. Auch diese wollte ich nicht unbesehen lassen, fuhr daher an Bord und wurde artig aufgenommen. Ich fragte neugierig, ob nicht unter den jüngeren Offizieren einer von deutscher Abkunft sei, worauf mir ein solcher vorgestellt wurde, der aber von unserer ganzen reichen Sprache nichts mehr wußte, als »Sauerkraut« und »Speck«, überhaupt seine germanische Abstammung für einen sehr lächerlichen Umstand anzusehen schien.

Tiefer in's Land hinein kamen wir leider nicht. König Otto unternahm zwar alle Jahre mit geringem, auserlesenem Gefolge einen Umritt in seinem kleinen Königreich, bald nach dieser, bald nach jener Seite, aber wir konnten dies verführerische Beispiel nicht nachahmen, denn uns schreckten einigermaßen die Räuber, von denen es damals nie ganz stille wurde, noch mehr aber die großen Auslagen, die mit solchen Unternehmungen verbunden waren, denn, da es keine Straßen und keine Gasthäuser gab, so mußte der Reisende zu Pferde ausrücken mit einem berittenen Diener und einem Treiber mit seinem Maulthier, welches die Betten, die Mantel, das Zelt und die Mundvorräthe trug. Unter 20–30 Drachmen für den Tag konnte das nicht abgehen.

Wenn daher die athenischen Deutschen auf Urlaub oder auf Erholung gingen, so wählten sie fast immer das Meer und die reizende Inselwelt. Leider konnte ich mich nur einmal frei machen, im August 1835, wo ich zunächst nach Aegina und von da nach Poros segelte. In Poros war damals der Sitz der griechischen Marineverwaltung, an deren Spitze Graf Rosen, ein liebenswürdiger Schwede, stand. Dieser war mir ein herzensguter Wirth und auch ein geduldiger Samaritaner, als mich in seinem Hause das Fieber überfiel und mehrere Tage festhielt.

Als ich von Poros Abschied nahm, gesellte sich zu mir ein junger Architekt, Ludwig Lange von Darmstadt, der später ein berühmter Baumeister zu München und mein langjähriger Freund geworden ist. Wir saßen ruhig in unserm Kaiki und schifften eben um das Vorgebirge Scylläum, als ein sehr unangenehmer Sturm ausbrach, der unsere Nußschale dermaßen hin- und herschüttelte, daß Lange sofort der Seekrankheit verfiel und stundenlang wie todt an meiner Seite lag. Doch kamen wir am nächsten Tage glücklich auf der Insel Hydra und in ihrer Hauptstadt an, blieben da über Nacht und fuhren des nächsten Abends auf einer hydräischen Brigantine nach der Insel Syros, welche in den Cykladen liegt. Dort verweilten wir ein paar Tage bei Herrn Bezirksrichter Sanderski, einem Landshuter, fuhren dann um Cap Sunium herum und kamen wieder wohlbehalten in Athen an.

Zu dieser Seereise kommt nur noch eine zweite, welche meine letzten Tage in Griechenland umfaßt, die noch später zu erwähnende Fahrt vom Piräeus nach Patras, die dann über Rom nach München ging. Dies war Alles.

Nachdem ich aber nicht ohne Wehmuth jener schönen Zeiten gedacht, will ich auch Jener gedenken, die sie mit mir getheilt – nicht

Aller, denn es waren gar Viele, aber doch Derer, welche einigermaßen hervorragten. Der ausgezeichnetste unter den jungen Bayern
war Dr. Gottfried Feder aus München, ein vortrefflicher Jurist und
liebenswürdiger Landsmann, der einmal mit mir in der Regentschaftskanzlei arbeitete, dann aber zum Rath am Cassationshofe
und vor wenigen Jahren, nachdem er schon vorlängst aus Griechenland herausgekommen, zum Präsidenten des bayerischen Verwal-
tungsgerichtshofes in München ernannt worden ist; da lebt er noch
in großer Rüstigkeit. Nicht allein wegen seiner wichtigen Stellung
als Vorsteher der deutschen Schule in Athen, sondern auch wegen
seiner immer sprudelnden Laune und seiner witzigen Einfalle sei
hier Johann Beeg, ein Nürnberger, als nächster genannt; doch blieb
dieser nur drei Jahre in Athen und starb schon 1867 zu Nürnberg.
Sehr beliebt war auch I.+N. Visino, ein Altbayer, der nach einem
lustigen Studentenleben unter die Theologen gegangen und Stadt-
pfarrer zu Athen geworden war. Ebenso geachtet als Sänger wie als
Zecher, stand er noch hin und wieder auf der Mensur, besorgte aber
auch mit rührendem Eifer seine Seelen, die Kranken und die Ster-
benden. Er verschied vor wenigen Jahren als Pfarrer in Niederbay-
ern. Anderer Art, norddeutsch und hochgelehrt, aber sehr anziehend und umgänglich waren die schon genannten Dr. Ulrichs aus
Bremen, damals Professor am Gymnasium, und Dr. Ludwig Roß,
ein Holsteiner, der über die Alterthümer gesetzt war. Noch sehr
schwach im Griechischen kam damals Georg von Hahn aus Hessen
in Hellas an, lernte jedoch bald, was er brauchte, wurde später k.+k.
Consul in Janina und schrieb mehrere werthvolle Bücher über die
Albanesen. Auch Karl Rottmann, der Landschafter, war längere Zeit
unter uns. Ludwig Lange gehörte nicht minder zur Gesellschaft,
ebenso Franz Wendland, ein Mecklenburger, der später Cabinetsrath des Königs Otto wurde. Ferner hielten sich mehrere junge In-
genieure und Architekten zu uns. Aber diese alle sind schon in
Charons Nachen gestiegen, nur Ludwig Steub und Gottfried von
Feder weilen noch diesseits des Acherons, wissen aber auch nicht,
wie lange es noch dauern wird.

Touristen dagegen kamen damals in Griechenland noch selten
vor. Hin und wieder zeigte sich wohl ein Abenteurer, der auf Dienst
und Sold ausging, allein er verschwand bald wieder, weil beides
nicht zu haben war. Der einzige Reisende von Gelehrsamkeit und

Ruf, der damals in Athen erschien und sich an unsern Tisch setzte, war Professor K.+G. Zumpt aus Berlin, dessen lateinische Grammatik mich durchs Gymnasium begleitet hatte. Er blieb aber nur wenige Tage.

Zu bemerken ist noch, daß in diesem Jahre, 1835, und zwar am ersten Juni, die Volljährigkeit des jungen Königs eintrat. Sie wurde mit großem Pompe gefeiert; wir Deutsche versammelten uns zu einem stürmisch heiteren Festmahl. An diesem Tage wurde Graf Armansperg zum Staatskanzler und ich zum Staatskanzleramtssecretair erhoben – die beiden Mitglieder der Regentschaft, die noch übergeblieben, von Kobell und von Heideck, fuhren nach Hause.

Graf Ludwig von Armansperg war damals achtundvierzig Jahre alt und uns Bayern ein theurer Name, weil er kurz vorher, von der Camarilla verdrängt, sich auf sein einsames Schlößlein zurückgezogen hatte, lieber als seinem König gegen seine Ueberzeugung zu dienen. Er war eine schlanke, hochgebaute, doch mehr einnehmende als imposante Figur. Seine Formen schien er den Vogesen, den Ländern an Rhein und Mosel entlehnt zu haben, denn in deren Verwaltung war er nach der Leipziger Schlacht für längere Zeit beschäftigt gewesen. Er war ein gefeierter Redner in der Kammer, ein anziehender Plauderer im Salon und hatte sich überhaupt eine vortreffliche Sprache zu eigen gemacht. So erschien er wenigstens äußerlich als vollendeter Gentleman, aus dem sich der Bajuvare ganz verflüchtigt hatte. Mit mir war er immer freundlich, schonend, rücksichtsvoll, doch redete er selten mehr als was zur Sache gehörte; auch nie ein Wort, das seiner unwürdig gewesen.

Wenn wir zu Tische geladen waren, ließ er sich schon eher gehen und erzählte allerlei Geschichten aus seiner früheren Zeit. Einmal, als wir aufgestanden, sagte er zu mir: »Nu, sprechen Sie einmal etwas englisch mit meiner Louise, damit ich sehe, ob sie was gelernt hat!« Dieser Befehl wurde sofort vollzogen, aber es ging nicht ohne einige Verlegenheit auf beiden Seiten ab.

In seinem Leben war er mäßig – in der Arbeit unermüdlich, doch wurde er von Zeit zu Zeit durch das Fieber auf das Land verwiesen und wenn er in der Stadt war, verlor er viele Stunden mit den Gesandten der sogenannten »wohlthätigen« Mächte, die ihm täglich auf die Bude stiegen.

Ich hatte immer eine Vorliebe für solche feingeschnittene, weltläufige, tactfeste Gestalten. Eine Persönlichkeit dieser Art schien mir immer viel werthvoller, als so ein »edler Kern in rauher Schale«, wie sie unter Bayern und Tirolern so häufig sind und so wenig in die Welt oder in gebildete Gesellschaft passen.

Der Graf ging 1837 wieder heim. Sein Wirken in Griechenland ist nicht sehr fruchtbar gewesen. Die Aufgabe war aber so schwierig, daß sie wohl auch kein Anderer gelöst hätte.

Seit Herrn v. Maurers Zeiten haben die Geschichtschreiber schwere Anklagen auf ihn gehäuft, ich muß sie auf ihm liegen lassen, denn ich bin nicht im Stande, sie wegzuwälzen. Die Unzahl von historischen Schriften, die seitdem über das neuere Griechenland erschienen, würde für die Aufgabe so viele Zeit erheischen, daß ich sie ablehnen müßte, auch wenn ich ihr gewachsen wäre.

Nachgerade war ich aber lange genug in Griechenland gewesen, um deutlich einzusehen, daß da für mich auf keine Zukunft zu rechnen sei. Die Flitterwochen waren dahin und die Ehe schien nicht glücklich werden zu wollen. Auch der Graf sagte mir offen, er sei seiner aufreibenden Thätigkeit müde und sehne sich nach Hause. Wenn er verschwunden, so waren aber die schönen Tage in der Stadt des Theseus wohl auch für mich zu Ende. Ich nahm mir daher vor, allmälich wieder an den Strand der Isar zurückzukehren, und verschob entscheidende Schritte nur, weil mich der Staatskanzler, so oft ich davon sprach, zu beschwichtigen suchte. Es eile ja nicht! Im Augenblicke sei ich nicht zu entbehren; wenn ich vielleicht doch in Griechenland bleiben sollte, würde sich auch da eine passende Stellung finden u.+s.+w. Da geschah es am 26. November, daß ich mit einem von dem Grafen aus Bayern berufenen, erst seit wenigen Monaten vorhandenen »Cabinetsrath« in einen Streit gerieth, der sich nach meiner Ansicht durch unseren Vorgesetzten sehr leicht hätte schlichten lassen. Allein der Gegner verlangte eine Demonstration und so erhielt ich nach wenigen Tagen einen Erlaß, der mich aus dem Staatskanzleramte entfernte und zum Bezirksrichter in Chalkis, einer kleinen Stadt der Insel Euböa, ernannte. Ich habe das türkische Nestchen nie gesehen, die Stelle aber auch nicht abgelehnt, sondern um Urlaub gebeten, um auf meine Kosten nach Deutschland zu gehen. Dieser Urlaub wurde gewährt, aber als ich im Mai 1837 aufgefordert wurde, meine Stelle anzutreten, bat ich um meine Entlassung, welche ich dann auch erhielt.

Eigentlich war mir jene Wendung nicht unangenehm, denn sie stimmte zu den Gedanken, die mir seit dem Sommer immer näher gerückt, aber wunderlich war's mir doch, wie der Graf, der mich einst so unentbehrlich gefunden und so oft auf die Zukunft vertröstet hatte, mich jetzt so leichthin fallen ließ.

Nun ging's an die Zurüstungen zur Abreise. Am 15. Januar bestieg ich zum letzten Male die Akropolis und nahm Abschied von dem alten Parthenon, von Erechtheus' Tempel und von der ganzen heiligen Feste. Es versteht sich, daß mir eine lange Reihe von Abschiedsbesuchen oblag, viele bei den deutschen, noch mehrere bei den griechischen Familien. Letztere versicherten mich einstimmig, daß ich herzlich willkommen sein würde, wenn ich wiederkäme. Ein stark besuchtes Festmahl in meiner Stube versüßte die Trennung mit guten Speisen und guten Weinen, mit Reden, Gesang und herzlichen Sprüchen. Am 24. Januar, wo die seit langem schwankende Witterung gute Fahrt versprach, zog ich mit meinem Pädi ernst und still in den Piräeus hinab; am anderen Morgen bestieg ich das Kaiki, das mich nach Korinth brachte.

Die Reise von Athen nach Korfu ging sehr angenehm von Statten. Die Geduld und das freundliche Wesen, das ich den armen Bedrängten und Hilfesuchenden in den Audienzen und außerhalb derselben zu zeigen bemüht gewesen, hatte meinen Namen weit hinausgetragen ins Land, und wo ich hinkam, zunächst in Korinth, Patras und Korfu, fand ich unter den Griechen, namentlich unter den gebildeten und wohlhabenden, die herzlichste Aufnahme. Ολοσ ο χοσμοσ σε γνωριξει χαι ολοσ ο χοσμοσ σε αγαπα – sagte mir der Erzbischof von Korinth; wenige Worte, die aber zu schmeichelhaft sind, um übersetzt zu werden.

Von Korfu segelte ich mit Capitain Ulisse auf dem italienischen Trabaccolo »La Gloria« nach Ancona, hielt dort in heiterer Gesellschaft, unter englischen Offizieren und einer welschen Operntruppe, die in Korfu gespielt hatte, eine zwölftägige Quarantäne, fuhr, nach damaliger Weise mit dem Vetturino, über den Apennin in's ewige Rom, wo ich etwa vierzehn Tage blieb, und kam über Florenz und Venedig am 11. Mai, von meinen Lieben mit hohen Freuden bewillkommt, wieder in München an.

In München wurde ich allenthalben herzlichst aufgenommen, zumal im Hause meines väterlichen Freundes, Friedrich Thiersch. Der Aufenthalt in Athen hatte mir einiges Relief gegeben und meine Beziehungen erweiterten sich nun auf die anmuthigste Weise. Ich fand mich wieder leicht in diese Verhältnisse hinein, aber sie gefielen mir doch nicht recht, und ich konnte das schöne Griechenland noch lange nicht vergessen.

Meines Lebens Mai hatte im Lande der Götter und der Helden abgeblüht. Die Energie des Willens zeigte sich, als ich wieder auf heimischem Boden stand, bedenklich gemindert. Nachdem ich von dort, wohin ich so große Hoffnungen getragen, nichts mitgebracht als schöne Erinnerungen, so war ich zu sehr enttäuscht, um für die kommenden Tage mich in neue Träume zu verlieren. Ich sah daher in eine reizlose Zukunft. Es schien nichts übrig zu bleiben, als im Dienst der Gerechtigkeit, der mich wenig ansprach, den ersten Vorstufen still und bescheiden entgegen zu altern, dann in einem Landstädtchen zu verbauern und endlich, wenn's gut ging, in späten Zeiten als ein hochbejahrter und allgemein bedauerter, aber höchst obscurer Ehrenmann in's bessere Jenseits zu verduften.

Noch lag ein großer Stein auf der Rennbahn meines Lebens, der zunächst übersprungen werden mußte, wenn ich auf bayerischem Boden weiter kommen wollte. Dieser Stein war der juridische Staatsconcurs, der am 1. December begann und vierzehn Tage dauerte. Diese Prüfung, welche sämmtliche Aspiranten in Einem Saal vereinigte, war sehr verrufen, doch fiel sie mir viel leichter, als ich erwartet hatte. Einmal waren alle Hilfsmittel, alle Bücher erlaubt, und dann waren die gestellten Fragen lauter hübsche literarische Aufgaben, die sich mit jenen Behelfen ganz angenehm bearbeiten ließen. Ich hatte mir von der Staatsbibliothek über einen Centner Bücher ausgebeten und schwang mich mit deren Unterstützung ohne Mühe zur besten Note empor. »Diesmal,« sagte damals ein altbayerischer Leidensgenosse aus Dachau, »diesmal haben's die Bücher ausg'macht, und die besten Bücher hat der Steub g'habt.« – Nachher trat ich wieder als Praktikant beim Stadtgericht München ein, welches fortan sehr ruhig verlief.

Nun laßt uns aber das juridische Leben unseres Biographen mehr und mehr bei Seite setzen und so kurz als möglich erzählen, was er auf seiner literarischen Laufbahn erstrebt und erlebt hat.

Bücher zu schreiben und gelesen zu werden oder, wenn ich mich edler und vornehmer ausdrücken darf, der Literatur oder gar der Poesie zu leben, das war ein Wunsch, der in meinem Herzen schon sehr früh erstand. Walter Scotts Ivanhoe hatte mich so entzückt, daß ich mich sogleich entschloß, ihn nachzuahmen. Ich war kaum vierzehn Jahre alt, als ich schon meine erste Scene niederschrieb. Es war ein Gespräch zwischen einem Hirtenknaben und seiner Großmutter, der er erzählt, daß er einen jungen Ritter in glänzender Rüstung habe auf die nahe Burg reiten sehen, um da um die Hand des Edelfräuleins anzuhalten. Dies interessante Fragment ist längst verloren, doch habe ich mich über den Verlust auch längst getröstet.

Das Tagebuch des Jahres 1830 bringt im Spätherbst eine Stelle welche lautet: »Wie ich nun in Dillingen (bei Verwandten auf Besuch) verweilte und so manche Stunde mir selbst überlassen war, da kamen mir die alten Gedanken wieder, wie ich mir Namen und Ruhm erwerben könnte, wenn ich so schön beschriebe, wie die Plinganser und die Meindel für's alte Bayerland gefochten und wie traurig es ausgegangen sei. – So war's mir niemals im Kopfe wie damals, so innig romanhaft und wenn's mir immer so wäre, so müßte ein Meisterwerk entstehen.«

Seltsam klingt hier die Erinnerung an »alte Gedanken«; übrigens ist der schon vielfach beschriebene und besungene Bauernaufstand von 1705 gemeint, dessen Geschichte Professor Sepp jetzt erst genauer erforscht, ausführlich dargestellt und im »Sammler« der A. Abendzeitung veröffentlicht hat.

Im Januar 1831 spricht das Tagebuch noch einmal davon, dann aber nie wieder.

Nachdem der Staatsconcurs überstanden, dachte ich auch wieder an die literarischen Träume meiner Jugend. Am 26. Januar 1837 berichtet das Tagebuch:

»Seit beinahe vier Wochen schreibe ich an einem Aufsatze für das Morgenblatt, den ich »Ferienreisen in Griechenland« betiteln will. Er soll meine im vorletzten Sommer unternommene Reise nach

Poros und Syra zum Gegenstand haben. Es wird leider nichts Schönes und ich werde froh sein, wenn es die Redaction nur aufnimmt. Morgen werde ich fertig. Gut, daß es aus ist, denn ich habe mich über dieser Arbeit wirklich mehr ennuyirt, als ich dachte, daß es bei meinem ersten schriftstellerischen Versuche der Fall sein würde.«

An Fleiß hatte es gleichwohl nicht gefehlt. Von dem Manuscripte liegen in meiner Schublade noch mehrere Abschriften, die alle wieder frisch durchgefeilt und verbessert sind. Aber die Redaction rechtfertigte entgegenkommend meine Befürchtungen. Ihr Schreiben vom 30. März sprach die Ansicht aus, daß die Schilderungen nur gewinnen müßten, wenn sie an manchen Stellen etwas zusammengezogen würden. Ob sie dies selbst thun sollte, ob ich es besorgen wollte? Ich überließ ihr das Manuskript auf Gnade und Ungnade, allein als es nach mehreren Monaten immer noch nicht gedruckt erschien, erbat ich es zurück. Ich habe schon mehrmals daran gedacht, es wieder vorzunehmen und ein kleines Bächlein guter Laune durch zuleiten, allein ich habe nie die Zeit dazu gefunden.

Um diese Zeit, Februar 1838, dachte ich auch einmal an meine Zukunft und bat Se. Majestät, mir den Acceß im Ministerium der Auswärtigen Angelegenheiten zu gewähren. Im Juni 1835 hatte nämlich der Staatskanzler mir schriftlich kundgegeben, daß er wegen Berücksichtigung meiner Sr. Majestät von Griechenland geleisteten und noch zu leistenden Dienste mit der königl. bayerischen Regierung Rücksprache nehmen werde. Diese Rücksprache war übrigens in den letzten drei Jahren noch nicht an Ort und Stelle gelangt und das besagte Ministerium hat mich daher aus Schonung allerdings nur mündlich abgewiesen. Ich hatte übrigens nicht im Sinn, dereinst königl. bayerischer Botschafter in Athen oder Konstantinopel zu werden, sondern nur ein Feld für meine linguistischen, historischen und ethnologischen Neigungen zu finden. Vielleicht fragt Einer, warum ich nicht in der Bibliothek oder im Archiv einen »Unterschlupf« gesucht, allein die Zugänge zu diesen ästhetischen Rosenlauben waren damals von den Ultramontanen und ihren Galopins dermaßen verlegt, daß unsereiner gar nicht dahin denken durfte. Was diese frommen Herren in der Wissenschaft von Görres' christlicher Mystik bis zu den gewöhnlichsten Hexen- und Mirakel-Büchlein geleistet, hat man bereits rühmlich zusammengestellt, wie viel sie aber verdorben und erdrückt, das wäre erst zu erzählen. Uebrigens bin ich auch der einzige Bayer meines Zeichens, der aus Griechenland ohne den Erlöserorden davon gekommen; ich habe nämlich nie drum eingegeben.

Indessen ging es immer um in mir; felsenfest stand der Glaube, daß ich nur ein schönes Buch zu schreiben brauchte, um meinem Leben einen andern Schwung zu geben.

Im März 1838 wird denn auch allmählich das Morgenroth der »Bilder aus Griechenland« sichtbar. Es sollte eine humoristische Beschreibung meiner Reise von Athen nach Korfu werden. Besonders schildernswerth schien mir dabei jenes gutmüthige, aber ungeschlachte Wesen der bayerischen Landbeamten, das ich schon damals hinreichend kannte, weil ich in Aichach unter ihnen aufgewachsen war. Diese gemüthlichen Rüpel gehen wie ein rother Faden durch alle meine Schriften. Ich entdeckte immer neue Reize an ihnen und wurde nicht müde, sie immer wieder von neuen Seiten darzustellen. Herr Zöpfelmaier, der den Praktikanten Hirlmayer von Ebersberg, auch einen Griechenfahrer, wiederspiegeln sollte, ist das erste Beispiel dieser Art.

Im August 1838 hatte ich meinen Wohnsitz nach Neuburg an der Donau verlegt, einem schöngelegenen Städchen mit Appellationsgericht und anregender Gesellschaft, wo ich ein Jahr verbleiben sollte, um mich in der höheren Jurisprudenz auszubilden. Ich nahm die Bilder aus Griechenland halb vollendet mit und war nun eifrig bemüht, sie zu Ende zu bringen.

Im März 1839 sandte ich ein fertiges Stück, »Die Piräeusstraße,« an das Morgenblatt. Diesem gefiel das Fragment und so erschien es denn am 7. Mai in seinen Spalten. Dieser Maitag ward ein Festtag für mein ganzes Leben und ich übersehe ihn jetzt noch selten. Es war, als ob eine liebliche Muse die rosenfingrige Hand zum Fenster hereinstreckte, und ich sie nur zu fassen und zu halten brauchte, um aus meines Thales nebeligen Gründen auf sonnige Höhen gezogen zu werden.

Um Neujahr 1840, als ich wieder in München, war das Buch fertig. Ich kann ihm in Wahrheit nachsagen, daß es sehr oft durchgesehen, mit strenger Kritik behandelt und vielfach abgeändert, im Sinne des Verfassers verbessert worden ist. Nach seinen Hoffnungen sollte es ihm viel Glück in's Haus bringen. *Post nubila Phoebus*!

schrieb er am Neujahrstage auf das Titelblatt des Tagebuchs. Und am letzten Januar sandte er das Manuscript zur Annahme an die Cotta'sche Buchhandlung, der es vom Morgenblatt her empfohlen sein sollte, um es am 10. März mit dem Bescheide zurückzuerhalten, daß sie es nicht verwenden könne, weil sie mit einer ganz ähnlichen Publication, einem sehr gründlichen und umfassenden Werke, beschäftigt sei.

Das war ein harter Schlag!

Nun begann aber durch ganz Deutschland, über Stock und Stein, über Feld und Haide eine Hetze nach einem Verleger, bis endlich, nachdem ich in dreizehn Monaten vielleicht zwanzig Körbe erhalten hatte, sich ein solcher fand, der mir die Courtoisie erwies, das liebe Buch, in dem so viele hundert hoffnungsvolle Stunden steckten, ohne Honorar vor das Publikum zu bringen.

Als es dann erschien, 1841, wurde es von den Kritikern in den Zeitungen und den Wenigen, die es lasen, sehr gelobt, aber es kam doch nicht auf und war bald verschollen. (Näheres hierüber in meiner Schrift: »Aus Tirol«, 1880 S. 208 u. ff.) Da in jenen Zeiten aus unserer Heimath noch so viele Liebe, Väter, Haussöhne, Brüder, Gatten, theure Verwandte, vielleicht auch Bräutigame im schönen Hellas weilten, so glaubte ich, die Bilder aus Griechenland würden bald in jeder feinern Familie des Bayerlandes zu finden sein, aber ich sollte mein Volk, vielmehr dessen literarische Bedürfnißlosigkeit erst kennen lernen.

Vor kurzer Zeit begegneten mir bald nach einander Hyacinth Holland und Hermann Lingg auf der Gasse. Jeder erzählte, er habe eben zum ersten Male die Bilder aus Griechenland gelesen, das sei ja ein sehr schönes Buch! So hörte ich nach vierzig Jahren wieder zum ersten Mal von diesem verlorenen Sohne.

Im Jahre 1841 erschien im Morgenblatte auch »Der Staatsdienst-Aspirant«, meine erste Novelle, die das leere, geistlose Leben eines gewöhnlichen kgl. bayerischen Landgerichts-Praktikanten in heiterer Ironie zu schildern sucht.

Im Herbst desselben Jahres erhob sich ein Verleger zu Karlsruhe, um ein großes Werk: »Deutschland im neunzehnten Jahrhundert« herauszugeben. Dazu wurden verschiedene deutsche Schriftsteller geworben und die gefürstete Grafschaft Tirol mit Vorarlberg fiel in meine Hände, worüber ich sehr glücklich war. Daran hängen nun die »Drei Sommer in Tirol«, die in den Jahren 1842, 43, 44 entstanden und im Jahre 1846 ans Licht getreten sind. Das Werk wurde freundlich aufgenommen, obgleich es gar nicht zweckmäßig angelegt ist. Ich hatte nämlich zuerst die Gegenden, die mich am meisten anzogen, in Arbeit genommen und an den Notizen, die ich über Berg und Thal gesammelt, mit Zuziehung anderer literarischer Hilfsmittel lange, lange fortgeschrieben, bis ich eines Tages eine annähernde Berechnung aufstellte und dabei fand, daß ich schon weit über die vereinbarten 30 Bogen hinausgekommen war. Ich strich nun Manches wieder, was schon fertig und konnte mich um so weniger entschließen, neue Gegenden anzugreifen, als ich sie auch nur wieder hätte streichen müssen, wenn das Buch nicht in zwei Bänden hätte erscheinen sollen, was doch der Verleger keineswegs wünschte. So sind denn sehr wichtige Landschaften wie das Unterinnthal, das Pusterthal, das untere Etschland, und Wälschtirol ganz weggeblieben.

Diesem Fehler hat die zweite Auflage, die im Jahre 1871 erschienen, möglichst abzuhelfen gesucht. In Tirol gefällt diese zweite Auflage gleichwohl nicht recht, einmal, sagt man, weil der historisch-politische Nachtrag der ersten, der mir, aus dem Vormärz stammend, nachgerade denn doch veraltet schien, gänzlich weggeblieben ist und dann, weil die alten Stücke hie und da gekürzt worden sind, um mehr Raum für die neuen Zuthaten zu gewinnen. Meines Erachtens haben aber doch die neuen Stücke ungleich mehr Werth, als das Wenige, was weggeblieben. Uebrigens ist auch die erste Auflage ziemlich still durch ihr langes Leben, ihre fünf und zwanzig Jahre gegangen. Mit den fünf ungebundenen und zwei gebundenen Freiexemplaren, die ich 1846 an meine Freunde in Tirol gesandt, war der Lesebedarf des ganzen Landes gedeckt. Die jetzigen Tiroler kennen nur noch den Titel. Wenn ich mitunter auf der Wanderschaft des Werkleins bedarf und nach ihm frage, kommen ganze Landschaften in Verlegenheit. Ein reisender Freund war einmal Innsbrucks sämmtliche Buchhandlungen ausgegangen, ohne es auftreiben zu können. Jetzt wird es nie mehr citirt, aber öfter ausgeschrieben.

Als die drei Sommer in Tirol verstrichen waren, im Jahre 1845, und zwar im März, wurde ich zum Rechtsanwalt in der Vorstadt Au ernannt. Mir hätte leicht etwas Angenehmeres begegnen können. Ich hatte damals einen Roman begonnen und hätte lieber an diesem fortgeschrieben, freilich nicht, um ihn wieder herzuschenken. Später, 1863, ging ich zum neueingeführten Notariat über, in dem ich aber zuletzt so melancholisch und nervös wurde, daß es mir eine Lebensrettung schien, als ich im Herbste 1880 diese Bürde niederlegen konnte.

Das Jahr 1848 brachte eine zweite Novelle, »die Trompete in *Es*,« eine seltsame Geschichte, die zwischen dem Vicar und dem Färbermeister in Oberaudorf vorgefallen war und zur guten Hälfte in meinen Acten lag, weil ich letzteren vertreten hatte. Die Geschichte wurde ein paar Male aus dem Manuscripte vorgelesen und gefiel den Hörern ungemein. Ein Verleger hatte sich auch bald gefunden und so druckten wir denn 500 Exemplare auf gemeinschaftliche Rechnung, Stück für Stück um achtzehn Kreuzer rheinisch. Das Geschichtchen fand bei Einzelnen vortreffliche Aufnahme, aber der Preis war für's große Publicum doch zu hoch gegriffen. Nach einiger Zeit, als die Kosten gedeckt waren, schenkte mir der Verleger den ganzen Rest, etliche hundert Exemplare, die ich dann wieder kleinweise, namentlich an meine ländlichen Clienten, verschenkte.

In den vielen schönen Sachen die mir hienieden noch abgingen, zählte ich auch eine tiefe, heiße, phantastische Liebe. Ich war jetzt sechsunddreißig Jahre alt und hatte diese noch nie empfunden. Um mir die Sehnsucht, mit der ich nach ihr lechzte, vom Halse zu schreiben, stellte ich nun im Jahre 1849 wieder eine Novelle her, »Das Seefräulein«, das zuerst in den Fliegenden Blättern erschien, und später, in ein Lustspiel umgearbeitet, zuerst am 5. Mai 1868 und seitdem öfter im Hoftheater zu München mit Beifall über die Bretter gegangen ist.

Nun waren aber allmählich so viele kleine Stücklein zusammengekommen, daß es an der Zeit schien, sie zu sammeln. Sie erschienen im Jahre 1853 zu Stuttgart unter dem Titel: »Novellen und Schilderungen«. Aber wer da dachte, daß die früher mit so vielen Freuden aufgenommene »Trompete« oder das mit nicht minderer Herzlichkeit begrüßte »Seefräulein« dem Büchlein die Wege ebnen würden, der fand sich bitterlich getäuscht. Es blieb ebenfalls liegen, kam durch Gantversteigerungen in verschiedene Hände und neulich erst, fast nach dreißig Jahren, als noch ein gutes Hundert Exemplare vorhanden waren, wurde es von Herrn Alfred Bonz, meinem jetzigen vortrefflichen Verleger, mit seinen andern Kleinodien vereinigt.

In Tirol, im Voralberg und in Graubünden finden sich bekanntlich eine Unzahl undeutscher Ortsnamen, um die sich bis dahin Niemand gekümmert hatte. Ich suchte nun zu beweisen, daß dieselben theils rhätischen, theils romanischen Ursprungs seien und daß Tirol, obwohl von Deutschen beherrscht, doch bis tief ins Mittelalter herein ein romanisches Land gewesen. Diese Aufstellungen waren neu und sie durften namentlich die Tiroler interessiren. Aber das Büchlein, das 1854 unter dem Titel: »Zur rhätischen Ethnologie« erschien, brauchte zwanzig Jahre bis es den kurzen Weg von München bis zu den Gelehrten von Innsbruck zurückgelegt hatte. Erst seit einigen Jahren wird es dort mitunter citirt. Es liegt über ihm noch immer eine Tarnkappe, die die wenigsten Forscher zu durchbohren vermögen.

Nun kommen wir an den schon erwähnten Roman, der meines Erachtens das glänzendste Gestirn an meinem literarischen Himmel werden sollte, aber eigentlich auch nie aufgegangen ist. Er sollte ein Bild jener düstern Zeiten geben, die wir unter dem ersten Ludwig durchzuleben hatten, jenem Fürsten, der für den Fortschritt in den schönen Künsten ebenso viel, als für den Rückschritt in allen übrigen Richtungen gethan hat.

Die ersten Anzeichen dieser traurigen Geschichte finden sich schon in den Zeiten, die den »Drei Sommern« vorangingen. Ja, das erste Capitel, der Helden Jugend, scheint schon im Jahre 1841 entstanden zu sein. Nachher vergingen wohl viele Tage, aber doch nie ein Jahr *sine linea*. Ich empfand noch keine Lust am Anfang anzufangen, denn ich kam mit dem Plane nicht ganz ins Reine und hatte natürlich auch immer Andres zu thun, was mich entschuldigte, wenn ich diese Arbeit bei Seite legte.

Immerhin hatte sich nach und nach in blauem Umschlag eine solche Menge flüchtig hingeworfener Einfälle gesammelt, daß es endlich billig schien, ihnen eine anständige Unterkunft zu gewähren, die sie durch ihr geduldiges Warten wirklich verdient hatten. So begann denn im Herbste 1853, etwa zwölf Jahre nach dem ersten Spatenstich, die ernst genommene, wenn auch noch nicht ununterbrochene Beschäftigung mit dieser Arbeit, die ich, wenn ich's sagen darf, mit Begeisterung durchführte und mit einem Fleiße, der ihr gleich stand. Es findet sich wohl in der ganzen Literatur der Deutschen kein Buch, das in allen seinen Theilen, im Großen und im Kleinen, so oft überlesen, so mühsam durchgebürstet, so vielfach nachgebessert worden ist, wie diese Deutschen Träume.

Da ich bisher in Süddeutschland kein Glück gefunden, so war es mir sehr angenehm, daß sich dieses Mal ein norddeutscher Verleger fand, Friedrich Vieweg in Braunschweig, der das Buch im Frühling 1858 an's Licht brachte.

Ich war nach meiner Art fest überzeugt, daß diese Deutschen Träume einen ungeheuren »Pumperer« thun, und in einem Vierteljahre die zweite Auflage erleben würden; die Sache aber ging sehr ruhig ab. Es kamen mir wohl zwei oder drei enthusiastische Briefe zu, ebenso viele mündliche Glückwünsche gleichen Tones, auch mehrere günstige Recensionen, darunter eine von Taillandier in der *Revue des deus mondes*, aber es zeigte sich bald, daß der Geschmack des großen Publikums nicht getroffen und daß das Buch ebenfalls in die bayerische Lethe zu versinken bestimmt sei. Das Buch, hieß es, hätte im Vormärz erscheinen sollen; da hätte es in die allgemeine Stimmung eingegriffen – jetzt sei man über jene Zustände hinaus und erinnere sich nicht mehr gerne daran. Auch sei es zu melancholisch!

Nachdem jene Zeiten einmal vorüber, wäre es allerdings zuträglicher gewesen, sie ironisch, humoristisch, satirisch zu behandeln – statt eines tödtlichen Schusses ein glücklicher Ausgang, und das Buch hätte gewiß einigen Erfolg erlebt. Seit jener Zeit habe ich mich auch immer vor traurigen Ausgängen in Acht genommen. Unser tägliches Leben bringt wahrhaftig immer so viel Aerger, Verdruß und Kummer mit sich, daß der Schriftsteller dem Leser, der sich bei ihm erheitern will, nicht zumuthen sollte, sich auch noch über die Schicksale seiner fingirten Personen abzuhärmen. Professor Anton Schönbach in Graz meinte einmal in einer sehr günstigen Besprechung meiner gesammelten Novellen, welche das deutsche Litera-

turblatt brachte, es wäre vielleicht nicht übel, wenn nach dreiund-
zwanzig Jahren die Deutschen Träume, etwas revidirt, neuerdings
an's Licht träten. Seitdem denke ich selbst mitunter an eine solche
Auferstehung, die aber den eben ausgesprochenen Ansichten nach-
gehen würde und Herrn Jörg von Bolzen die schone Gitta heirathen
ließe.

Nun wollte ich aber auch einmal für mein engeres Vaterland eine
literarische That vollbringen. Seit zwanzig Jahren war ich jeden
Sommer auf ein paar Wochen in's bayerische Gebirge gegangen und
hatte da allerlei Wanderschaftliches geschrieben, was dann im Morgenblatte oder in der Allgemeinen Zeitung erschien und in München sehr gefiel. Diese Aufsätze wurden nun fleißig überarbeitet
und die Lücken kunstreich ausgefüllt, so daß das Buch, »Das bayerische Hochland« (1860) ein ebenso unterhaltendes als belehrendes
Bild des ganzen Gebirges von Füßen bis Berchtesgaden bietet. Im
Anfang sollen sich diese neue Erscheinung auch wirklich einige
Tegernseeer Bauern angeschafft haben, aber den gebildeten Familien der Hauptstadt und des Hochlandes blieb sie nahezu unbe-
kannt. Der Verfasser hing aber damals so innig an seinem bayerischen Hochland, daß er immer wieder neue Skizzen schrieb und sie
in der A. Allgemeinen Zeitung erscheinen ließ. Anfangs wollte er
diese für eine zweite Auflage jenes Büchleins zurücklegen, aber da
eine solche, wie sich bald zeigte, in immer blauere Ferne rückte, so
fand er doch gerathener, ein eignes Werklein daraus zu bilden,
welches denn im Jahre 1862 unter dem Titel: Wanderungen im bayerischen Gebirge ans Licht trat. Gegen alles Herkommen erlebten
diese Wanderungen schon im zweiten Jahre eine zweite vermehrte
Auflage, welche mir aber insofern keinen Nutzen brachte, als der
Verleger seine Zahlungen gerade in dem Augenblicke einstellte, wo
ich die meinige zu erhalten hoffte.

Das Jahr 1867 brachte die »Herbsttage in Tirol«, in deren erster
Hälfte sich eine Biographie des berühmten Tirolers Philipp Jacob
Fallmerayer findet, und zwar nach einem schriftlichen Grundriß,
den mir dieser Freund auf meine Bitte selbst gefertigt. Die zweite
Hälfte enthält ethnographische Betrachtungen über die Räthsel der
tirolischen Vorzeit, über Rhätier, Römer und Romanen, Bajuvaren,
Gothen und Langobarden, Betrachtungen, die diese Vorzeit wohl in
sehr verlässiger Weise construirt haben. Jene Herbsttage brachen

aber über Tirol nie an, nicht einmal die dortigen »Gelehrten« nahmen Notiz von ihnen, wovon ein schlagender Beweis anzuführen wäre.

Im Jahre 1869 erschienen die Altbayerischen Culturbilder, deren Hauptstück »der Deggendorfer Judenmord« war, eine von ultramontaner Seite herausgeforderte Untersuchung jenes jetzt noch nach fünfhundert Jahren durch Processionen, Wallfahrten, Predigten und Ablässe gefeierten Ereignisses. Sie stellte klar heraus, daß es nur ein blutrünstiger Betrug gewesen, der die Juden von Deggendorf und mit ihnen auch die Schuldbriefe, die ihnen die Deggendorfer ausgestellt, vernichten sollte. Die Artikel, die zuerst die A. Allgemeine Zeitung brachte, erregten großes Aufsehen. Viele verlangten dringend, daß sie wieder abgedruckt würden, aber als sie bald darauf vermehrt und verbessert bei Ernst Keil in Leipzig erschienen, fragte Niemand mehr darnach. Jetzt liegen zu Leipzig noch 300 Exemplare.

Im letzten Jahrzehnt habe ich sehr fleißig gearbeitet und mehr geschrieben, vielmehr herausgegeben, als in den dreißig Jahren, die vorangehen. Da erschienen einmal »Die oberdeutschen Familiennamen« (1870), eine Untersuchung, die den Gegenstand, meines Erachtens, merklich weiter brachte, jedoch nur die Ehre erlebte, von einem strebsamen Gelehrten als Unterlage für ein analoges Büchlein benützt, aber keineswegs als solche angeführt zu werden. Hierauf folgte die schon erwähnte zweite Auflage der »Drei Sommer in Tirol« (1871), die »Lustspiele«, 1873, und dann unter dem Titel »Kleinere Schriften« alle meine bis dahin noch nicht gesammelten Aufsätze und Abhandlungen in vier Bändchen, Reiseschilderungen, literarische Aufsätze, tirolische Miscellen. altbayerische Miscellen (1873–75). An diesen Kleineren Schriften habe ich auch nicht viel Freude erlebt, zumal da sie Herr Hermann Uhde in den Blättern für literarische Unterhaltung schimpflich herunterriß, behauptend, einmal tauge das Sammeln überhaupt nichts, und wenn es auch einzelnen nachgesehen werden könnte, so gehöre doch ich nicht zu dieser Elite.

Im Jahre 1875 war das Bayerische Hochland vergriffen und die Verlagsbuchhandlung regte zuerst eine zweite Auflage an. Die italienische Reise, die ich damals vorhatte, verhinderte mich, die Arbeit sofort zu beginnen und als ich sie wieder in Erinnerung brachte, hatte sich jene anders besonnen und meinte, da sich die erste Auflage in neunzehn Jahren kaum verkauft habe, so wolle sie auf eine zweite lieber nicht eingehen, vielmehr das Verlagsrecht in meine Hände zurückgeben. Sie habe einmal mit meinen Büchern – unbeschadet ihres inneren Werthes – kein Glück, wie dies bei den Kleineren Schriften und der zweiten Auflage der Drei Sommer besonders der Fall, da letztere in acht Jahren noch nicht zur Hälfte abgesetzt sei. (Näheres hierüber in meinem Büchlein »Aus Tirol« S. 218 ff.)

Nachdem alle die verschiedenartigsten Verleger, die ich mir bisher selbst gesucht, über mich nur zu seufzen gehabt, so schien es mir eine gute Vorbedeutung, einmal von einem Verleger gesucht zu werden. Dies begab sich vor etwa sieben Jahren in Radolfszell am Bodensee, wo ich meinen Freund, den Herrn Hofrath von Scheffel, besuchte und dort auch den Herrn A. Bonz von Stuttgart traf, der des ersteren Schriften druckt. »Da die Herrn,« sagte letzterer eines schönen Morgens zu mir, »so gute Freunde sind, so möchte ich auch Ihr Verleger werden.« Ich hatte damals nichts anzubieten, als eine Reihe von Reiseschilderungen, die in den Jahren 1873–75 entstanden und schon vorher in der Allgemeinen Zeitung erschienen waren, dann aber 1878 trotz Herrn Uhdes Bannstrahl unter dem Titel: »Lyrische Reisen« gesammelt herauskamen.

Im Weinmond des Jahres 1878, als ich zu Arco in Wälschtirol saß, fiel mir plötzlich ein, ich sollte einmal eine alte Geschichte, die mir vor dreißig Jahren ein guter Freund im tirolischen Hall erzählt hatte, als Novelle verarbeiten. Ich ging mit jugendlichem Feuer an's Werk und hat mich nicht leicht eine Aufgabe so gefreut wie diese. Aufrichtig gestanden, schien mir »Die Rose der Sewi« auch vortrefflich gelungen. Als die Herren A. Bonz & Cie. sie 1879 als zierliches Heftchen in die Welt schickten, dachte ich in meiner Art gar nicht anders, als sie würden im Sturmlauf die Herzen von ganz Deutschland erobern und in wenigen Wochen eine neue Auflage erheischen, doch ist's auch wieder da anders gegangen.

So wenig Seide Herr A. Bonz mit den Lyrischen Reisen gesponnen, so druckte er doch bald – mit gleichem Erfolg – ein ähnliches Büchlein: »Aus Tirol«, welches vor drei Jahren herauskam. Es enthält einige Schilderungen aus der Wanderschaft, einige literarische und culturgeschichtliche Abhandlungen, darunter auch die merkwürdige Begebenheit: »Im Lesezimmer zu Kufstein.«

Von den »Novellen und Schilderungen«, die 1853 erschienen, ist oben schon gesprochen worden. Sie lagen damals in guter Ruhe in einem Keller zu Stuttgart. Nun waren aber mehrere neue Novellen erblüht und es schien nicht unstatthaft, die alten und die neuen gesammelt herauszugeben, was Herr H. Uhde, wenn er gefragt worden wäre, wohl auch verboten hätte. Nur entstand die Frage, ob auch »Die Rose der Sewi« in die Sammlung aufzunehmen sei. Mir schien sie eine liebliche Nachtigall, die vielleicht in der Freiheit viel schönere Tage erleben konnte, als mit den anderen in ihrem Käfig. In Stuttgart meinte man aber, ohne die Rose ginge es nicht. »Bis wenn kriegen wir denn die zweite Auflage?« fragte ich den Herrn Verleger im November 1880, denn wenn sie nahe bevorstand, wollte ich die Rose lieber getrennt erhalten. »Nicht vor drei Jahren!« Da warf ich alle »diesbezüglichen« Hoffnungen in den nächsten besten Winkel und sprach: »Schlachten sie in Gottes Namen das liebe Mädchen in das Buch hinein, mir ist jetzt alles gleich!«

So erschienen denn die Gesammelten Novellen vor zwei Jahren in feiner Ausstattung zu Stuttgart.

Ich dagegen erhielt im letzten Mai einen Brief meines Herrn Verlegers mit der Meldung, daß zwar die eine Hälfte des Vorrates verkauft sei, daß er aber die andere mit neuen Titeln und Umschlägen Anfang September als zweite Auflage in die Welt senden möchte. Die guten Freunde des Herrn Bonz können nun freilich nicht anders, als das Publikum »nachdrücklichst« auf diese interessante Erscheinung hinzuweisen, umsomehr als sie auch mit meinem »Porträt geschmückt sein wird.« Anbei bleibe aber nicht ungesagt, daß ich mich, nachdem jene chimärischen Hoffnungen zerstoben waren, mit dem bisherigen Absatze ganz zufrieden gegeben, und die künstliche zweite Auflage so wenig angeregt habe, als die Ausschmückung mit meinem Antlitz, zumal ich dies einer zweiten Veröffentlichung nicht bedürftig und auch seine Aufgabe, als eine Art Sirene die unvorsichtigen Schiffer aus dem Ocean der deutschen Literatur hereinzulocken, nicht für lösbar halte.

Das letzte Buch, mit dem ich die deutsche Lesewelt zu erfreuen meinte, ist voriges Jahr erschienen. In Tirol lebten einst zwei bedeutende Männer, Pater Beda Weber zu Meran und *Dr.* Joseph Streiter zu Bozen, welche früher gute Freunde waren, später aber unheilbar zerfielen. Dieses Zerwürfniß wurde nun in einem Wiener Blatt besprochen mit dem Beisatze: »Auch Zwischenträger mögen geschadet haben.« Da ich nun dazumal – im Sommer 1844 – allerdings in Streiters Auftrag – dem Pater Versöhnung anzubieten hatte, welche dieser aber nicht annahm, so war ich immerhin ein Zwischenträger zu nennen, und da sonst kein Sterblicher mit gethan, so bezog ich jene Worte nur auf mich. Um sie richtig zu stellen, suchte ich nun alte Zeitungen, alte Briefe, alte Tagebücher hervor und schrieb nach diesen Quellen ein Buch über die literarischen Unruhen jener Tage, welches die Welt als »Sängerkrieg in Tirol« überraschte. Es schildert die damaligen Zeiten, die in Tirol vollkommen vergessen sind, so daß ich der Einzige bin, der noch davon zu erzählen weiß. Den Tirolern will das Büchlein aber nicht recht munden; es schildert sie zu sehr, wie sie sind, während sie sich viel lieber loben lassen. Sie sagen daher, sie hätten etwas anderes zu thun, als jetzt noch die Schliche eines Pater Beda zu studiren, und lassen das Büchlein links liegen. Der Verleger seufzt – was mir leid thut, denn ich wünsche ihm eben so viel Glück, wie mir selber.

Dies ist mein Leben – zunächst mein literarisches – ein trübseliges Tableau eines mehr als vierzigjährigen Ringens, das fast nur Nieten, nie einen schönen beneidenswerthen Erfolg eintrug und die Verleger noch mehr als mich verstimmte. Gleichwohl erwecken mir meine Schriften, wenn ich sie hin und wieder durch die Hand gehen lasse, nur freundliche Erinnerungen, denn ich habe sie, abgesehen von dem allerersten Versuche, alle aus ganzem Herzen, mit voller Kraft, in der angenehmsten Aufregung zu Stande gebracht. Wenn das, was mir mündlich oder schriftlich oder in Recensionen zukommt, nicht eitel Schmeichelei ist, so müssen sie ganz gut geschrieben, witzig und geistreich sein und doch hat meine Muse in so langer Zeit so gar nicht gedeihen wollen! Glücklich, daß ich nicht von ihrer Hände Arbeit abhänge.

Einige Schuld an diesem Mißgeschick mag wohl auch daran liegen, daß ich zumeist für Bayern und Tiroler geschrieben habe. Wer für diese beiden stamm- und geistesverwandten Völker schreibt, wird immer zwischen zwei Stühlen niedersitzen; das literarische Interesse ist dort drinnen so gering wie da heraußen. In Berlin oder Wien geht's viel leichter.

Somit stehe ich denn am Rande eines Lebens, das ich immerhin ein glückliches nennen darf, da ich bisher von Krankheiten und schweren Schicksalsschlägen verschont geblieben bin. Wenn meine Bücher kein Glück gemacht, so schlage ich das nicht so hoch an, sondern kann mich sogar, wie der bekannte Spartaner, freuen, daß im großen Vaterlande so viele bessere Scribenten zu finden, als ich *Ha beat sua fata libelli.*

Über tredition

Eigenes Buch veröffentlichen

tredition wurde 2006 in Hamburg gegründet und hat seither mehrere tausend Buchtitel veröffentlicht. Autoren veröffentlichen in wenigen leichten Schritten gedruckte Bücher, e-Books und audio-Books. tredition hat das Ziel, die beste und fairste Veröffentlichungsmöglichkeit für Autoren zu bieten.

tredition wurde mit der Erkenntnis gegründet, dass nur etwa jedes 200. bei Verlagen eingereichte Manuskript veröffentlicht wird. Dabei hat jedes Buch seinen Markt, also seine Leser. tredition sorgt dafür, dass für jedes Buch die Leserschaft auch erreicht wird.

Im einzigartigen Literatur-Netzwerk von tredition bieten zahlreiche Literatur-Partner (das sind Lektoren, Übersetzer, Hörbuchsprecher und Illustratoren) ihre Dienstleistung an, um Manuskripte zu verbessern oder die Vielfalt zu erhöhen. Autoren vereinbaren direkt mit den Literatur-Partnern die Konditionen ihrer Zusammenarbeit und partizipieren gemeinsam am Erfolg des Buches.

Das gesamte Verlagsprogramm von tredition ist bei allen stationären Buchhandlungen und Online-Buchhändlern wie z. B. Amazon erhältlich. e-Books stehen bei den führenden Online-Portalen (z. B. iBookstore von Apple oder Kindle von Amazon) zum Verkauf.

Einfach leicht ein Buch veröffentlichen: **www.tredition.de**

Eigene Buchreihe oder eigenen Verlag gründen

Seit 2009 bietet tredition sein Verlagskonzept auch als sogenanntes "White-Label" an. Das bedeutet, dass andere Unternehmen, Institutionen und Personen risikofrei und unkompliziert selbst zum Herausgeber von Büchern und Buchreihen unter eigener Marke werden können. tredition übernimmt dabei das komplette Herstellungs- und Distributionsrisiko.

Zahlreiche Zeitschriften-, Zeitungs- und Buchverlage, Universitäten, Forschungseinrichtungen u.v.m. nutzen diese Dienstleistung von tredition, um unter eigener Marke ohne Risiko Bücher zu verlegen.

Alle Informationen im Internet: **www.tredition.de/fuer-verlage**

tredition wurde mit mehreren Innovationspreisen ausgezeichnet, u. a. mit dem Webfuture Award und dem Innovationspreis der Buch Digitale.

tredition ist Mitglied im Börsenverein des Deutschen Buchhandels.

Dieses Werk elektronisch lesen

Dieses Werk ist Teil der Gutenberg-DE Edition DVD. Diese enthält das komplette Archiv des Projekt Gutenberg-DE. Die DVD ist im Internet erhältlich auf **http://gutenbergshop.abc.de**